戦《せん》国《ごく》武《ぶ》将《しょう》物《もの》語《がたり》

武《たけ》田《だ》信《しん》玄《げん》と上《うえ》杉《すぎ》謙《けん》信《しん》

小《お》沢《ざわ》章《あき》友《とも》／作　甘《あま》塩《じお》コメコ／絵

講談社 青い鳥文庫

もくじ

上杉氏家紋《うえすぎしかもん》「竹《たけ》に雀《すずめ》」

武田氏家紋《たけだしかもん》「四《よ》つ割菱《わりびし》」

この物語《ものがたり》の舞台《ぶたい》

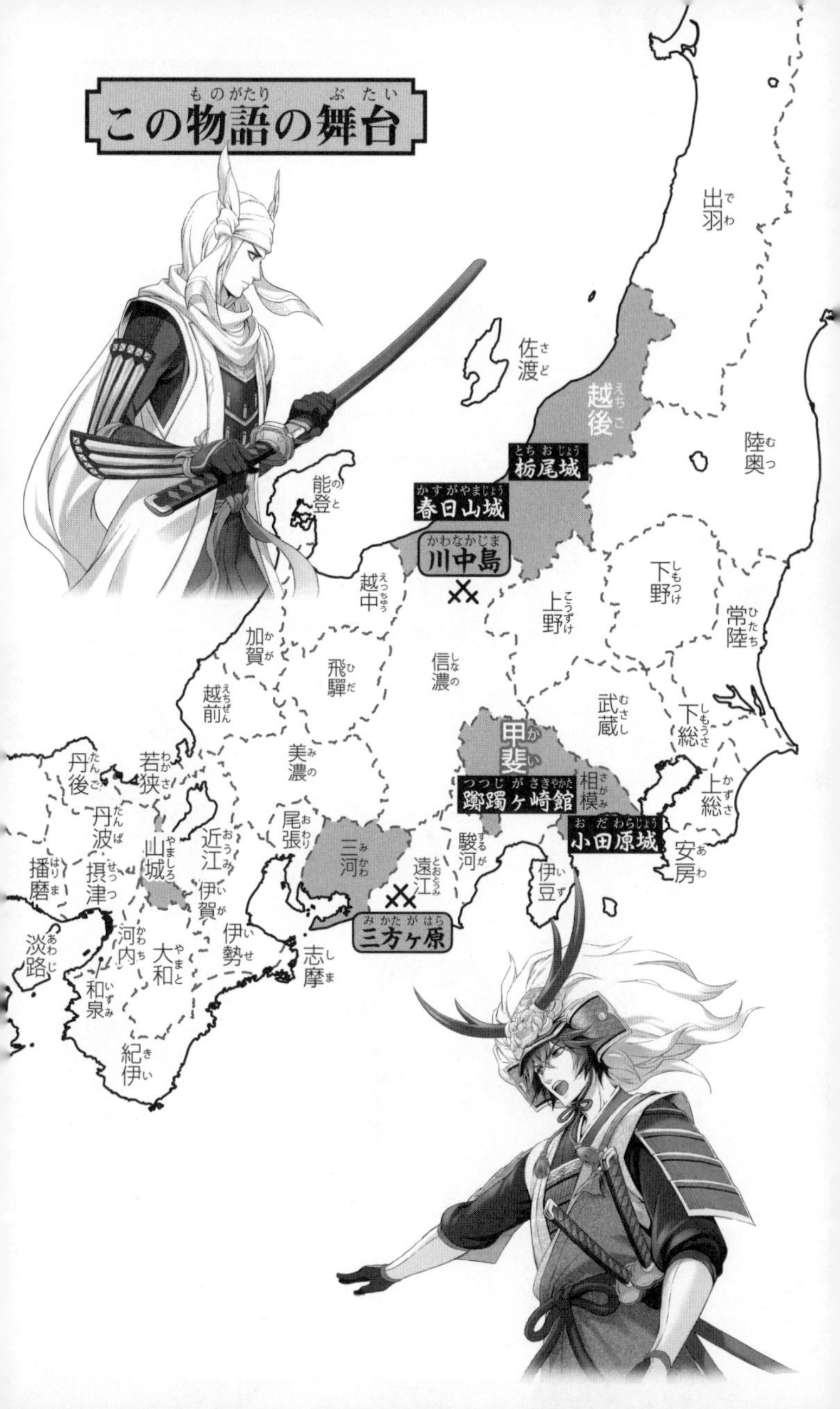

おもな登場人物《とうじょうじんぶつ》

上杉謙信《うえすぎけんしん》

越後《えちご》の国《くに》（現在《げんざい》の新潟県《にいがたけん》）の守護代《しゅごだい》、長尾為景《ながおためかげ》の子《こ》として生《う》まれる。信玄《しんげん》と並《なら》び、戦国時代《せんごくじだい》を代表《だいひょう》する武将《ぶしょう》の一人《ひとり》。信玄《しんげん》とは生涯《しょうがい》にわたりライバル関係《かんけい》にあった。

武田信玄《たけだしんげん》

甲斐《かい》の国《くに》（現在《げんざい》の山梨県《やまなしけん》）の守護《しゅご》、武田信虎《たけだのぶとら》の子《こ》として生《う》まれる。戦国時代《せんごくじだい》を代表《だいひょう》する武将《ぶしょう》の一人《ひとり》。信濃《しなの》（現在《げんざい》の長野県《ながのけん》）の地《ち》をめぐり、越後《えちご》の上杉謙信《うえすぎけんしん》と戦《たたか》いを繰《く》り広《ひろ》げた。

天室光育《てんしつこういく》

曹洞宗永平寺《そうとうしゅうえいへいじ》の末寺《まつじ》・林泉寺《りんせんじ》の住職《じゅうしょく》。七歳《さい》の謙信《けんしん》を預《あず》かり教育《きょういく》をほどこす。謙信《けんしん》の人生《じんせい》に大《おお》きな影響《えいきょう》を与《あた》えた人物《じんぶつ》。

諏訪姫《すわひめ》

信玄《しんげん》が倒《たお》した南信濃《みなみしなの》の諏訪頼重《すわよりしげ》の娘《むすめ》。信玄《しんげん》の側室《そくしつ》となり、のちに信玄《しんげん》の跡継《あとつ》ぎとなる勝頼《かつより》を産《う》む。

山本勘助《やまもとかんすけ》

武田家《たけだけ》の家来《けらい》の武将《ぶしょう》。名軍師《めいぐんし》として信玄《しんげん》に仕《つか》える。

第《だい》一部《ぶ》　勝千代《かつちよ》と虎千代《とらちよ》

一　風林火山《ふうりんかざん》、勝千代《かつちよ》

「お生《う》まれになったぞ。」

「よかったのう。」

侍女《じじょ》たちが、生《う》まれたばかりの赤子《あかご》に産湯《うぶゆ》をつかわせながら、よろこびのことばをいいかわした。

「お方《かた》さま、元気《げんき》なご嫡男《ちゃくなん》さまでござりますよ。」

お産《さん》にやつれた顔《かお》の大井《おおい》の方《かた》は、ほっとした表情《ひょうじょう》をうかべて、いった。

「すぐに、お屋形《やかた》さまに知《し》らせておくれ。」

大永元年《だいえいがんねん》（一五二一年《ねん》）の十一月三日《がつみっか》の、夜《よる》の八時《じ》のことだった。

すこやかな産声《うぶごえ》をあげた男《おとこ》の子《こ》は、のちに「甲斐《かい》の虎《とら》」とよばれて、その強《つよ》さをおそれられた武将《ぶしょう》、武田信玄《たけだしんげん》だった。

甲斐《かい》の国《くに》（現在《げんざい》の山梨県《やまなしけん》）は、北《きた》は八ヶ岳《やつがたけ》、東《ひがし》は大菩薩《だいぼさつ》の連峰《れんぽう》、南《みなみ》は富士山《ふじさん》、西《にし》は赤石岳《あかいしだけ》と、四方《しほう》をけわしい山《やま》にかこまれていた。

その甲斐《かい》の国《くに》の守護《しゅご》、武田信虎《たけだのぶとら》が、信玄《しんげん》の父《ちち》だった。

信玄《しんげん》が生《う》まれた、ちょうどそのとき、甲斐《かい》の国《くに》は大変《たいへん》な危機《きき》にみまわれていた。

「甲斐《かい》を攻《せ》めとれ。」

駿河《するが》（現在《げんざい》の静岡県《しずおかけん》の中部《ちゅうぶ》と東部《とうぶ》）今川氏《いまがわし》の重臣《じゅうしん》、福島正成《くしままさなり》が、一万《まん》五千もの大軍《たいぐん》をひきいて、富士川《ふじかわ》ぞいにさかのぼり、どとうのように甲府盆地《こうふぼんち》に攻《せ》めいってきたのだ。

信虎《のぶとら》はいそいで三千の兵《へい》をかきあつめて、駿河軍《するがぐん》を相手《あいて》に戦《たたか》おうとした。だが、兵力《へいりょく》の差《さ》がありすぎて、駿河軍《するがぐん》をはねかえすことができずにいた。

駿河軍《するがぐん》は、西郡《にしごおり》の富田城《とだじょう》を落《お》とし、いまにも武田家《たけだけ》の居城《きょじょう》である躑躅ヶ崎館《つつじがさきやかた》をのみこもうとしていた。このため、大井《おおい》の方《かた》は躑躅ヶ崎館《つつじがさきやかた》をはなれ、北《きた》の積翠寺《せきすいじ》におもむいて、出産《しゅっさん》したのである。

「うぬ、正成《まさなり》め。」

武田信虎《たけだのぶとら》は陣中《じんちゅう》で、酒《さけ》をのみながら、くやしがった。

酒《さけ》はひどくまずかった。信虎《のぶとら》をかこんで、板垣信方《いたがきのぶかた》や甘利虎泰《あまりとらやす》、飯富虎昌《おぶとらまさ》ら、武田家《たけだけ》のほこる勇猛《ゆうもう》な武将《ぶしょう》たちも、ことばを失《うしな》っていた。

信虎《のぶとら》は、十四歳《さい》で武田家《たけだけ》をついでから、これまで数多《かずおお》くの戦《いくさ》を戦《たたか》ってきた。力《ちから》で、まわりの豪《ごう》族《ぞく》たちをねじふせ、領地《りょうち》をふやしてきたのだ。

ときには負《ま》けることもあったが、これほど危地《きち》におちいったことはなかった。へたをすれば、駿河軍《するがぐん》に甲斐《かい》の国《くに》をのっとられ、武田家《たけだけ》はほろびるかもしれなかった。

まさしく食《く》うか、食《く》われるかといった戦国《せんごく》の世《よ》では、戦《いくさ》に弱《よわ》い国《くに》は、戦《いくさ》に強《つよ》い国《くに》にうばわれてしまってもしかたなかった。もしも、このまま駿河軍《するがぐん》に攻《せ》めよせられれば、甲斐《かい》の国《くに》もそうなるしかなかったのである。

「おれは、負《ま》けぬぞ。」

信虎《のぶとら》は酒《さけ》をあおり、武将《ぶしょう》たちを見《み》やって、せいいっぱい強《つよ》がってみせた。

「甲斐《かい》を、駿河《するが》にとられてたまるものか。」

そのとき、陣中《じんちゅう》に、知《し》らせが届《とど》いた。

「お屋形《やかた》さまっ、ご嫡男《ちゃくなん》がぶじお生《う》まれになりましたぞっ。」

信虎《のぶとら》は、手《て》で、ひざをたたいた。

「よし、おれのあとつぎが生《う》まれたか。」

板垣信方《いたがきのぶかた》ら、武田家《たけだけ》の武将《ぶしょう》たちも、いっせいにわきたった。

「よい知《し》らせじゃ。」

「ご嫡男《ちゃくなん》の誕生《たんじょう》じゃ。」

信虎《のぶとら》は立《た》ちあがり、武将《ぶしょう》たちに向《む》かって、いった。

「これぞ、われらが勝《か》つという、八幡大菩薩《はちまんだいぼさつ》のお告《つ》げだ。わが武田家《たけだけ》は、源氏《げんじ》の祖《そ》である八幡太《はちまんた》郎源義家公《ろうみなもとのよしいえこう》の弟《おとうと》、義光公《よしみつこう》を先祖《せんぞ》にいただいておる。武家《ぶけ》の名門《めいもん》であり、甲斐源氏《かいげんじ》の本流《ほんりゅう》なのだ。今川《いまがわ》の家臣《かしん》である福島正成《くしままさなり》ごときに、敗《やぶ》れてなるものか。」

武将《ぶしょう》たちはうなずいた。

「よいか、ものども。正成《まさなり》の首《くび》をかならずとるぞ。」

「ははっ。」

武将《ぶしょう》たちは、力強《ちからづよ》くうなずいた。

武田家《たけだけ》の世《よ》つぎとなる長男《ちょうなん》の誕生《たんじょう》に力《ちから》をえた武田軍《たけだぐん》は、十一月《がつ》二十三日《にち》の夜《よる》、駿河軍《するがぐん》に向《む》かって、突入《とつにゅう》した。

「進《すす》めっ、進《すす》めっ。一歩《いっぽ》もひくでないぞっ。」

信虎《のぶとら》はさけんだ。

もはや勝《か》ったも同《おな》じ、武田軍《たけだぐん》は、いくじなく、しりぞくばかりだ。そう思《おも》っていた駿河軍《するがぐん》は、とつぜん、勢《いきお》いをとりもどした武田軍《たけだぐん》におどろき、あわてた。

「こしゃくな。今日《きょう》こそは、信虎《のぶとら》の首《くび》をとれっ。甲斐《かい》を、われらのものとするのだっ。」

福島正成《くしままさなり》は馬《うま》にのって、駿河軍《するがぐん》に下知《げじ》した。

こうして、冬《ふゆ》の夜空《よぞら》の下《した》、上条河原《かみじょうがわら》の地《ち》で、両軍《りょうぐん》は激突《げきとつ》した。

「つづけっ、おれにつづけっ。」

信虎《のぶとら》は先頭《せんとう》に立《た》って、さけんだ。

「ご嫡男《ちゃくなん》の誕生《たんじょう》だぞっ。甲斐《かい》の国《くに》を守《まも》れっ。」

板垣信方《いたがきのぶかた》も、甘利虎泰《あまりとらやす》も、飯富虎昌《おぶとらまさ》もここぞとばかり、敵《てき》に向《む》かって突進《とっしん》していった。

すさまじい激戦《げきせん》がくりひろげられたが、数《かず》におとっていた武田軍《たけだぐん》は、それまでとはみちがえるほどの勢《いきお》いで戦《たたか》い、とうとう駿河軍《するがぐん》を打《う》ちやぶった。そして、敵《てき》の大将《たいしょう》である正成《まさなり》の首《くび》をあげたのである。

少《すく》ない兵《へい》で、奇跡的《きせきてき》に勝《か》ち戦《いくさ》をおさめた信虎《のぶとら》は、正成《まさなり》の首《くび》をたしかめ、勝利《しょうり》のうたげをはった。

そのあと、積翠寺《せきすいじ》へ行《い》き、赤子《あかご》をだいて、大井《おおい》の方《かた》にいった。

「この子《こ》が、おれに勝利《しょうり》をもたらしてくれたぞ。」

「それは、ようございました。」

大井夫人《おおいふじん》はほほえんだ。

「よし、今度《こんど》の勝《か》ち戦《いくさ》にちなんで、この子《こ》の名《な》は太郎《たろう》、別名《べつめい》勝千代《かっちよ》としよう。」

信虎《のぶとら》は赤子《あかご》にほおずりした。信虎《のぶとら》の濃《こ》いひげにほおをこすられ、赤子《あかご》は泣《な》きだした。

「泣《な》くな、勝千代《かっちよ》。」

信虎《のぶとら》は笑《わら》いながらいった。

「そなたは、戦《いくさ》に勝《か》って、勝《か》って、勝《か》ちまくる大将《たいしょう》になるのだからな。」

「まあ、そのような。」

大井《おおい》の方《かた》はにこやかにうなずいた。

勝《か》って、勝《か》って、勝《か》ちまくる大将《たいしょう》になれ。その思《おも》いから、信虎《のぶとら》は、勝千代《かっちよ》の守《も》り役《やく》を、武田家《たけだけ》でもっとも知勇《ちゆう》にすぐれた板垣信方《いたがきのぶかた》にした。

勝千代《かっちよ》はすくすくと育《そだ》っていった。

だが、勝千代《かつちよ》にたいする信虎《のぶとら》の気持《きも》ちは、四年後《ねんご》に、次男《じなん》の次郎《じろう》（のちの信繁《のぶしげ》）が生《う》まれたときから、少《すこ》しずつ変《か》わっていった。

なぜか信虎《のぶとら》は、勝千代《かつちよ》にたいして、はじめのころのような愛情《あいじょう》がもてなくなったのだ。次男《じなん》の次郎《じろう》にたいする愛情《あいじょう》が日《ひ》に日《ひ》に増《ま》していくのと反対《はんたい》に、長男《ちょうなん》の勝千代《かつちよ》にたいしては、日《ひ》に日《ひ》に冷《つめ》たくなっていった。

あやつめ、孫子《そんし》の兵法《へいほう》などをかじって、りこうぶりおって。

それが勝千代《かつちよ》にたいする、信虎《のぶとら》の気持《きも》ちだった。

このごろは、おれをいい負《ま》かそうとする。

その生涯《しょうがい》を戦《いくさ》、戦《いくさ》ですごしてきた、はげしい性格《せいかく》の信虎《のぶとら》には、次男《じなん》の次郎《じろう》の、おっとりとしたやさしさがかわいくてたまらなかった。

それにくらべると、なによりも学問《がくもん》が好《す》きで、孔子《こうし》・孟子《もうし》の教《おし》えをはじめ、孫子《そんし》の兵法《へいほう》までもそらんじるようになった勝千代《かつちよ》のかしこさが、気《き》に入《い》らなかった。

勝千代《かつちよ》が十三歳《さい》になったばかりのときだった。

今川義元《いまがわよしもと》の妻《つま》となっている姉《あね》から、母《はは》の大井《おおい》の方《かた》のもとへ、たくさんのはまぐりがおくられてきた。

「勝千代《かっちよ》よ、貝《かい》あわせの遊《あそ》びに使《つか》うから、大《おお》きいのと小《ちい》さいのをわけておくれ。」

母《はは》は勝千代《かっちよ》にいった。

「わかりました。」

勝千代《かっちよ》は小姓《こしょう》たちに大《おお》きいはまぐりをえりわけさせて、母《はは》のもとへもっていかせた。のこりの小《ちい》さなはまぐりが、たたみ二畳《じょう》ばかりにつみあげられた。

「数《かぞ》えてみよ。」

小姓《こしょう》たちに数《かぞ》えさせると、三千七百あまりになった。

そのとき、武田家《たけだけ》の家臣《かしん》たちがやってきたので、勝千代《かっちよ》はたずねた。

「そなたたち、ここにあるはまぐりは、何個《なんこ》ほどあると思《おも》うか。」

すると、家臣《かしん》たちは、

「一万《まん》五千。」

「二万《まん》。」

と、あてずっぽうにこたえた。

勝千代《かっちよ》は、にっこり笑《わら》っていった。

「なるほど。人数《にんずう》というのは、このはまぐりのように、実際《じっさい》よりも多《おお》く見《み》えるのだな。五千ほどの兵《へい》をもったら、敵《てき》は、一万《まん》とも、二万《まん》とも思《おも》ってくれるから、戦《いくさ》は思《おも》いのままだぞ。」

家臣《かしん》たちは、まるで孫子《そんし》の兵法《へいほう》をとくような、勝千代《かつちよ》のかしこさにおどろいた。

しかし、家臣《かしん》からそれを聞《き》いた信虎《のぶとら》は、せせら笑《わら》った。

「勝千代《かつちよ》め、ほんものの戦《いくさ》も知《し》らずに、さかしげにほざきおるわい。」


(父《ちち》は、われに冷《つめ》たい。)

いつか勝千代《かつちよ》は、そのことに気《き》づいて、心《こころ》を痛《いた》めるようになった。

(どうしてなのか。父《ちち》は、なにかにつけて弟《おとうと》にはやさしい。だが、われには、ひどくつらくあたる。)

たしかに弟《おとうと》の次郎《じろう》は、すなおなよい子《こ》だった。顔立《かおだ》ちもやさしかった。気立《きだ》てもよく、けっして、父《ちち》にはさからわなかった。兄《あに》の勝千代《かつちよ》にたいしても、

「兄上《あにうえ》、兄上《あにうえ》。」

と、したってくれた。

母《はは》の大井《おおい》の方《かた》も、次郎《じろう》を特別《とくべつ》にかわいがっているようで、勝千代《かつちよ》にはそのこともつらかった。

（父《ちち》も母《はは》も、弟《おとうと》ばかりかわいがる。）

勝千代《かつちよ》は、そのことになやんだ。

「信方《のぶかた》よ、父上《ちちうえ》はわれに冷《つめ》たい。弟《おとうと》ばかり、かわいがる。なにゆえ、そうなのであろう。」

勝千代《かつちよ》は、板垣《いたがき》にそのことをうったえた。

「そのようなことは、けっしてありませぬ。」

板垣《いたがき》はなぐさめた。

「お屋形《やかた》さまは、あとつぎの勝千代《かつちよ》さまが、心身《しんしん》ともに強《つよ》い武将《ぶしょう》になられるようにと願《ねが》って、とりわけ、きびしくしておられるのです。それが、勝千代《かつちよ》さまには、冷《つめ》たく感《かん》じられるだけでございます。」

「そうであろうか。」

勝千代《かつちよ》はつぶやいた。

「そうでございます。」

信方《のぶかた》はそういってなぐさめたが、勝千代《かつちよ》は、なっとくしていなかった。

そして、勝千代《かつちよ》が十三歳《さい》の秋《あき》に、それはおこった。

（あの馬《うま》がほしい。）

つねづね勝千代《かつちよ》は、父《ちち》のもっていた名馬《めいば》「鬼鹿毛《おにかげ》」がほしくてならなかった。

鬼鹿毛《おにかげ》は、きわだってすばらしい馬《うま》だった。

ほかの馬《うま》よりも足《あし》が速《はや》いだけではなかった。幅《はば》が十丈《じょう》（約《やく》三十メートル）もある堀《ほり》を一気《いっき》に飛《と》びこえることができたのだ。きりりとひきしまった全身《ぜんしん》が鹿《しか》のような、つやつやとした、美《うつく》しい色《いろ》の毛《け》におおわれていて、甲斐《かい》の国《くに》ではいちばんの名馬《めいば》と見《み》なされていた。

（あの馬《うま》をのりこなせれば、どんなにうれしいことだろう。）

ほしくてたまらなくなった勝千代《かつちよ》は、父《ちち》に使《つか》いをおくって、こういわせた。

「なにとぞ、鬼鹿毛《おにかげ》を勝千代《かつちよ》にくださいますように、お願《ねが》いいたしまする。」

ところが、信虎《のぶとら》は、首《くび》をふった。

「なにをいうか。勝千代《かつちよ》には、まだ早《はや》い。元服《げんぷく》のときに、武田《たけだ》家《け》につたわる宝《たから》である、源氏《げんじ》の御《み》旗《はた》、楯《たて》なしの鎧《よろい》などといっしょに、ゆずってやろう。」

しかし、勝千代《かつちよ》はなっとくしなかった。そして、さらに使《つか》いの者《もの》を父《ちち》のもとに行《い》かせて、こういわせた。

「源氏《げんじ》の御旗《みはた》や、楯《たて》なしの鎧《よろい》などの宝物《たからもの》は、家督《かとく》をつぐときにいただくとして、いますぐ鬼鹿毛《おにかげ》をたまわりますように、お願《ねが》いいたします。そうすれば、いまからのりこなして、父上《ちちうえ》のご出陣《しゅつじん》のときに、勝千代《かつちよ》も、鬼鹿毛《おにかげ》にのって、お力《ちから》ぞえいたします。」

このとき、酒《さけ》にひどく酔《よ》っていた信虎《のぶとら》は、かっとなった。こめかみに青筋《あおすじ》を立《た》てて、立《た》ちあがった。

「ええい、おろか者《もの》めがっ。まだ早《はや》いというのが、わからんのかっ。」

信虎《のぶとら》は使《つか》いの者《もの》を、まるで勝千代《かつちよ》がそこにいるかのように、にらみつけた。

「あやつがそれほどにもおろかなら、わが家《や》の宝物《たからもの》は、ぜんぶ、弟《おとうと》の次郎《じろう》にゆずってやる。」

そうさけんで、のんでいた酒《さけ》の盃《さかずき》を使《つか》いの者《もの》に投《な》げつけた。ばかりか、長《なが》い太刀《たち》を、ぎらりとひきぬくと、使《つか》いの者《もの》を斬《き》り捨《す》てようとした。

「わっ、ご容赦《ようしゃ》を。」

使《つか》いの者《もの》はあわてて逃《に》げようとしたが、信虎《のぶとら》は太刀《たち》をふりかざして、追《お》いかけた。

「こらっ、待《ま》てっ、待《ま》たぬかっ。」

武将《ぶしょう》たちはあわてた。

「お屋形《やかた》さま、ここはおひかえください。」

「どうぞ、お気持《きも》ちをしずめられて。」

まわりからとりなされて、ようやく信虎《のぶとら》は太刀《たち》をおさめた。

そのことを知《し》らされた勝千代《かつちよ》は、まゆをひそめた。

（なんということだ。いくら酒《さけ》に酔《よ》っていたからといっても、使《つか》いの者《もの》に、太刀《たち》をふりまわすとは。そこまで、父《ちち》はわれのことが気《き》に食《く》わないのか。）

板垣《いたがき》は、勝千代《かつちよ》をいさめた。

「勝千代《かつちよ》さま、どうか、鬼鹿毛《おにかげ》のことはあきらめてください。」

勝千代《かつちよ》はくちびるを噛《か》んで、だまっていた。

「ここは、しんぼうなさってください。そうでないと、お屋形《やかた》さまの怒《いか》りをあおってしまいまする。」

板垣《いたがき》にいわれ、勝千代《かつちよ》は鬼鹿毛《おにかげ》をあきらめることにした。

（父《ちち》を怒《おこ》らせてはまずい。）

そう思《おも》ったからだった。

そのときから、勝千代《かつちよ》は、父《ちち》を怒《おこ》らせないように、注意深《ちゅういぶか》くふるまうようになった。できるだけ、めだたないようにして、ことばも少《すく》なくなった。

だが、勝千代《かつちよ》にたいする信虎《のぶとら》の怒《いか》りは、おさまっていなかった。

天文三年《てんぶんねん》（一五三四年《ねん》）、勝千代《かつちよ》が十四歳《さい》をむかえた新年《しんねん》のうたげのときのことだった。そこには、武田家《たけだけ》の重臣《じゅうしん》たちがあつまっていた。

信虎《のぶとら》は機嫌《きげん》よく重臣《じゅうしん》たちを見《み》まわしたあと、

「次郎《じろう》よ、近《ちか》くまいれ。」

と、いった。

次郎《じろう》が、こまったように兄《あに》の勝千代《かつちよ》を見《み》やった。兄上《あにうえ》、どうすればよいのでしょう。そんな顔《かお》だった。

勝千代《かつちよ》は、だまって、うなずいた。

（かまわないから、父《ちち》のいうとおりにいたせ。）

次郎《じろう》に、そうつたえたのだ。

「さ、こい、次郎《じろう》。」

信虎《のぶとら》はいった。

「まずは、そなたに、盃《さかずき》をとらす。」

それを聞《き》いて、重臣《じゅうしん》たちは、こおりついた。

順番《じゅんばん》からすれば、信虎《のぶとら》は、あとつぎである長男《ちょうなん》の勝千代《かっちよ》に、まず盃《さかずき》をあたえなくてはならなかった。だが、それを無視《むし》して、信虎《のぶとら》は弟《おとうと》の次郎《じろう》に、盃《さかずき》をあたえたのだ。

「まさか。」

「お屋形《やかた》さまは、どうなされたのか。」

「なにを、お考《かんが》えなのか。」

武将《ぶしょう》たちは顔《かお》を見《み》あわせた。

守《も》り役《やく》の板垣《いたがき》は、さっと顔《かお》を青《あお》ざめさせた。

嫡男《ちゃくなん》の勝千代《かっちよ》をさしおいて、次男《じなん》の次郎《じろう》に、まず、盃《さかずき》をあたえるというのは、家督《かとく》さえも、勝千代《かっちよ》ではなく、次郎《じろう》にあたえるぞという、信虎《のぶとら》の気持《きも》ちをあらわしているのではないか。

板垣《いたがき》はじめ、武田家《たけだけ》の重臣《じゅうしん》たちはみな、そう考《かんが》えてしまったのだ。

これは、まずい。

板垣《いたがき》は心配《しんぱい》そうに勝千代《かっちよ》を見《み》やった。

しかし、勝千代《かっちよ》は、なにごともなかったかのように、平然《へいぜん》としていた。

「勝千代《かっちよ》さま……。」

板垣《いたがき》はため息《いき》をついた。

むろん、勝千代《かっちよ》の心《こころ》はおだやかではなかった。

（そこまで、父《ちち》はするのか。）

くやしくてならなかった。だが、それを表《おもて》に出《だ》してはならなかった。あくまでも、なにも気《き》にしていない様子《ようす》をつくろっていなくてはならなかった。

（もしも、少《すこ》しでも不満《ふまん》そうな顔《かお》をしたら、父《ちち》はかさにかかって、われをののしり、しりぞけ、うたげから追《お》いだしてしまうだろう。がまんだ。ここは、じっと、がまんしなくてはならぬ。）

信虎《のぶとら》は、次郎《じろう》に盃《さかずき》をあたえたあと、ちらりと勝千代《かっちよ》に目《め》をやった。

どうだ、勝千代《かっちよ》。くやしかろう。

そんな目《め》だった。

だが、勝千代《かっちよ》は、なにも感《かん》じていないといった顔《かお》で、父《ちち》の視線《しせん》をうけながした。

ふん。知《し》らぬふりをしおって。そんなところが、気《き》に食《く》わぬのだ。

信虎《のぶとら》は、勝千代《かっちよ》をにらみつけた。そして、結局《けっきょく》、勝千代《かっちよ》には、盃《さかずき》をあたえようとしなかった。

うたげのあと、勝千代《かっちよ》はひとり馬《うま》にのって、躑躅ヶ崎館《つつじがさきやかた》を出《で》ていった。野原《のはら》に行《い》くと、南《みなみ》に富《ふ》士山《じさん》がそびえていた。

深呼吸《しんこきゅう》をして、白《しろ》い雪《ゆき》をいただく富士山《ふじさん》をながめた。

その雄大《ゆうだい》な姿《すがた》を見《み》つめていると、暗《くら》く波立《なみだ》っていた気持《きも》ちがしずまってきた。

「よいか、勝千代《かつちよ》。あの富士山《ふじさん》のように、どっしりとして、動《どう》じないことだ。」

勝千代《かつちよ》はくちびるを噛《か》んで、自分《じぶん》にいい聞《き》かせた。

「なにがあっても、うろたえるな。」

それから、日《ひ》ごろより愛《あい》してやまない孫子《そんし》のことばを、勝千代《かつちよ》はくちずさんだ。

「はやきこと、風《かぜ》のごとく。しずかなること、林《はやし》のごとく。侵掠《しんりゃく》すること、火《ひ》のごとく。動《うご》かざること、山《やま》のごとく……。」

おれは天下《てんか》をめざす。

勝千代《かつちよ》はみずからにいい聞《き》かせた。

孟子《もうし》の説《と》く、民《たみ》をしあわせにする君主《くんしゅ》となって、この乱世《らんせい》をおさめ、王道《おうどう》のまつりごとをおこなうのだ。そのためには、いまは父《ちち》を怒《おこ》らせてはならぬ。じっと、がまんするのだ。よいな、勝《かっ》千代《ちよ》。

この日《ひ》をさかいにして、勝千代《かつちよ》は、あえておろか者《もの》を演《えん》じるようになった。

「変《へん》だぞ、勝千代《かつちよ》さまは。」

「どうなさったのか、勝千代《かつちよ》さまは。」

家臣《かしん》たちが心配《しんぱい》するほど、勝千代《かつちよ》は、一日中《いちにちじゅう》、ほうけたような顔《かお》をしていた。馬《うま》にのっては、すぐ落馬《らくば》するし、弓《ゆみ》をひけば、つがえた矢《や》をぽとりと落《お》とすし、刀《かたな》をもてば、あ、重《おも》たすぎるぞとつぶやいて、地《ち》に落《お》としたりした。そして、へらへらと笑《わら》いながらいった。

「いやあ、われはだめだなあ。」

武芸《ぶげい》がからきしだめになった勝千代《かつちよ》を見《み》て、

「弱《よわ》くなられたのう、勝千代《かつちよ》さまは。」

「それにくらべて、次郎《じろう》さまはりりしいのう。」

なにも知《し》らない家臣《かしん》たちは、そううわさするようになった。

しかし、板垣信方《いたがきのぶかた》や飯富虎昌《おぶとらまさ》らは、勝千代《かつちよ》の心《こころ》を見通《みとお》していた。だれもいないところでは、勝千代《かっちよ》は変《か》わらず熱心《ねっしん》に兵法《へいほう》を学《まな》び、武芸《ぶげい》にいそしみ、りりしい姿《すがた》にもどることを知《し》っていたからである。

「いまは、がまんのときですぞ。勝千代《かつちよ》さま。」

信方《のぶかた》はつぶやいた。

「お屋形《やかた》さまのお怒《いか》りを買《か》わないように、いまは、おとなしくしておられよ。」

天文《てんぶん》五年《ねん》（一五三六年《ねん》）、三月《がつ》。

めだたぬように、さからわぬようにと、おとなしくしていたかいがあって、十六歳《さい》になった勝《かつ》千代《ちよ》は、信虎《のぶとら》のゆるしをえて、ぶじに元服《げんぷく》した。

名前《なまえ》も、太郎晴信《たろうはるのぶ》となり、晴《は》れて武田《たけだ》家のあとつぎとなることができた。

夏《なつ》には、京都《きょうと》からやってきた内大臣三条公頼《ないだいじんさんじょうきんより》の娘《むすめ》が、晴信《はるのぶ》の妻《つま》となった。

（わざわざ、京都《きょうと》の大臣家《だいじんけ》から花嫁《はなよめ》をもらってくれるとは、少《すこ》しは、父《ちち》もおれのことを考《かんが》えてくれるようになったのだろうか。）

晴信《はるのぶ》は、そのことに、ほっとしたものを感《かん》じていた。

ずっと、次郎《じろう》ばかりかわいがって、晴信《はるのぶ》をしりぞけていた信虎《のぶとら》も、少《すこ》しは気持《きも》ちを変《か》えたかに思《おも》われたのである。

しかし、父《ちち》と子《こ》の対立《たいりつ》は、解消《かいしょう》されてはいなかった。

同年《どうねん》、十一月《がつ》。

晴信《はるのぶ》は初陣《ういじん》をはたした。信虎《のぶとら》にしたがって、信濃《しなの》の海《うん》ノ口城《くちじょう》攻《ぜ》めにくわわったのだ。

しかし、海《うん》ノ口城《くちじょう》のあるじ、平賀源心《ひらがげんしん》は手《て》ごわい相手《あいて》だった。その体《からだ》は、なみはずれて大《おお》きかった。身長《しんちょう》は、七尺《しゃく》（約《やく》二・一メートル）あまりで、その力《ちから》は十人力《にんりき》、その刀《かたな》は、四尺三寸《しゃくずん》（約《やく》百六十三センチ）もあった。

信虎《のぶとら》が八千の兵《へい》をひきいて攻《せ》めてくることを知《し》ると、源心《げんしん》はただちに、信濃《しなの》の豪族《ごうぞく》、諏訪頼重《すわよりしげ》や村上義清《むらかみよしきよ》、さらに信濃《しなの》の守護《しゅご》である小笠原長時《おがさわらながとき》らに、応援《おうえん》をもとめた。日《ひ》ごろから、甲斐《かい》の国《くに》と戦《いくさ》をしていた信濃《しなの》の武将《ぶしょう》たちは、海《うん》ノ口城《くちじょう》に兵《へい》を送《おく》り、二千の兵《へい》が城《しろ》にたてこもっていた。

「ええい、あのような小《ちい》さな城《しろ》、攻《せ》めおとせ。」

信虎《のぶとら》は、ものすごい勢《いきお》いで、しゃにむに攻《せ》めつづけた。だが、大雪《おおゆき》がふりつづいたこともあり、海《うん》ノ口城《くちじょう》はなかなか攻《せ》めおとせなかった。攻《せ》めても、攻《せ》めても、城《しろ》の守《まも》りはくずせなかった。

やがて、一月《ひとつき》がたった。

天文《てんぶん》五年《ねん》も、のこすところあと数日《すうじつ》となり、正月《しょうがつ》がせまっていた。

「お屋形《やかた》さま、この戦《いくさ》、ひとまず切《き》りあげて、甲府《こうふ》へもどりましょう。」

新年《しんねん》をみずからの家《いえ》で祝《いわ》いたいと願《ねが》う武将《ぶしょう》たちは、信虎《のぶとら》にいった。

「むう……。」

無念《むねん》だった。だが、これ以上攻《いじょうせ》めても、城《しろ》は落《お》ちないことがわかった信虎《のぶとら》は、くやしそうな顔《かお》で、いった。

「みな、ひきあげるぞ。」

そのとき、晴信《はるのぶ》は信虎《のぶとら》の前《まえ》に出《で》て、いった。

「父上《ちちうえ》、しんがりをわたしにやらせてください。」

しんがりは、ひきあげていくときの、いちばんうしろを守《まも》る役割《やくわり》をになっていた。しかし、雪《ゆき》のふりしきるなか、海《うん》ノ口城《くちじょう》から、しりぞく武田軍《たけだぐん》に追《お》いうちをかけてくるとは、とうてい思《おも》えなかった。

「そなたがしんがりを？」

信虎《のぶとら》は、晴信《はるのぶ》を馬鹿《ばか》にしたように見《み》やった。

「この大雪《おおゆき》だぞ。城《しろ》のやつらは、われらのあとを追《お》うことはない。しんがりが名誉《めいよ》なのは、あとを追《お》われるときだぞ。ふん、楽《らく》な役目《やくめ》をのぞみおって。」

父《ちち》にそういわれても、晴信《はるのぶ》はめげなかった。

「お願《ねが》いいたしまする。ぜひとも、しんがりをわたしにお申《もう》しつけください。」

晴信《はるのぶ》は真剣《しんけん》な顔《かお》でいった。

「勝手《かって》にするがいい。」

信虎《のぶとら》はいいすて、十二月《がつ》二十七日《にち》に、兵《へい》をひいていった。

晴信《はるのぶ》には、思《おも》うところがあった。三百ほどの兵《へい》とともに、晴信《はるのぶ》はしばらく武田軍《たけだぐん》のしんがりをつとめていたが、とちゅうで、兵《へい》の歩《あゆ》みを止《と》めさせた。

そして、命《めい》じた。

「よく、聞《き》け。これより、われらはひきかえす。」

「は？」

晴信《はるのぶ》の近臣《きんしん》である馬場信春《ばばのぶはる》はたずねた。

「海ノ口《うんのくち》へ、もどるのですか？」

「そうだ。やつらは、いま油断《ゆだん》している。武田《たけだ》がひきあげたと思《おも》い、援軍《えんぐん》のやつらも自分《じぶん》たちの城《しろ》へもどったであろう。攻《せ》めるのは、いまだ。」

晴信《はるのぶ》はいった。

「なるほど。」

しんがりをつとめていた家臣《かしん》たちは、うなずいた。まだ十六歳《さい》で元服《げんぷく》したばかりの、晴信《はるのぶ》のかしこさに、感心《かんしん》した。

「明日《あす》の夜明《よあ》け前《まえ》、城《しろ》に向《む》かうぞ。みな、飯《めし》を食《く》え。寒《さむ》いから、酒《さけ》をのめ。ただし、酔《よ》ってはならんぞ。」

弁当《べんとう》と酒《さけ》で体《からだ》をあたためると、夜明《よあ》け前《まえ》に、晴信《はるのぶ》のひきいる兵《へい》は、ひたひたと海《うん》ノ口城《くちじょう》へせまった。

晴信《はるのぶ》が予想《よそう》したとおり、援軍《えんぐん》は、正月《しょうがつ》をむかえるために、おのおの城《しろ》へひきあげていた。海《うん》ノ口城《くちじょう》にのこっていたのは、八十名《めい》ばかりであり、一月《ひとつき》の戦《いくさ》につかれて、ほとんどがねむりこけていた。

「よし、攻《せ》めよ。」

晴信《はるのぶ》はみずから、海《うん》ノ口城《くちじょう》の城壁《じょうへき》をよじのぼり、城《しろ》のなかへ斬《き》りこんだ。

「うわあっ。」

「武田《たけだ》が攻《せ》めてきたぞっ。」

寝込《ねこ》みをおそわれ、城兵《じょうへい》たちはあわてた。

「うぬっ。よくも、あざむいたな。」

武勇《ぶゆう》をほこる源心《げんしん》は、あばれまわった。すさまじい勢《いきお》いで、太刀《たち》をふりまわし、武田《たけだ》の兵《へい》をつぎつぎと斬《き》り捨《す》てた。

「あやつか、豪《ごう》の者《もの》といわれる源心《げんしん》は。」

怪物《かいぶつ》のようなその姿《すがた》に、晴信《はるのぶ》は大胆《だいたん》にも向《む》かっていった。

「きさまかっ、武田家《たけだけ》のこせがれは。」

源心《げんしん》はにやりと笑《わら》い、晴信《はるのぶ》を鎧《よろい》ごと、まっぷたつに斬《き》ろうとした。

「強《つよ》い。」

晴信《はるのぶ》がなんとか源心《げんしん》の刀《かたな》をうけとめていると、近臣《きんしん》の馬場信春《ばばのぶはる》が飛《と》びこんできて、すばやく源《げん》心《しん》の胴《どう》を槍《やり》でつらぬいた。

「うっ。」

源心《げんしん》はうめいた。

それでも槍《やり》が刺《さ》さったまま、源心《げんしん》は太刀《たち》をふるったが、やがて力《ちから》つきた。たおれた源心《げんしん》に飛《と》びかかり、信春《のぶはる》は首《くび》をとった。

こうして、八千の武田軍《たけだぐん》をはねかえしてきた海《うん》ノ口城《くちじょう》は、晴信《はるのぶ》のひきいる三百の兵《へい》によって攻《せ》めおとされた。

晴信《はるのぶ》は、はじめての戦《いくさ》で、大勝利《だいしょうり》をかざったのだ。

武田家《たけだけ》の武将《ぶしょう》たちは、よろこんだ。

「晴信《はるのぶ》さまは、強《つよ》い。」

「あの源心《げんしん》を、討《う》ちとるとは。」


だが、信虎《のぶとら》はよろこばなかった。

「ふん、たかが小城《こじろ》ひとつ落《お》としただけではないか。おれも、十五歳《さい》のときに、叔父《おじ》に勝《か》った。」

事実《じじつ》、信虎《のぶとら》は十四歳《さい》で武田家《たけだけ》をついだあくる年《とし》、騎馬武者《きばむしゃ》四十、兵《へい》三百をひきいて、曽根勝山《そねかつやま》に陣《じん》どった叔父《おじ》、油川信恵《あぶらかわのぶよし》の、騎馬武者《きばむしゃ》二百、千二百もの兵《へい》をおそって、信恵《のぶよし》を討《う》ちとっていたのである。

月《つき》のない、闇夜《やみよ》の奇襲《きしゅう》だった。

つねづね信虎《のぶとら》はそれを自慢《じまん》していたが、十六歳《さい》の晴信《はるのぶ》が、同《おな》じように、大勝利《だいしょうり》をかざったのだ。自分《じぶん》が八千の兵《へい》をひきいて、一月《ひとつき》かかっても攻《せ》めおとせなかった城《しろ》を、たった一夜《いちや》で、やすやすと落《お》としたのだ。

信虎《のぶとら》の心《こころ》は、息子《むすこ》の知恵《ちえ》と武勇《ぶゆう》をよろこべず、おだやかではなかった。

(晴信《はるのぶ》め。油断《ゆだん》できぬ。)

このころから、信虎《のぶとら》はあることを考《かんが》えはじめていた。

(いつか晴信《はるのぶ》を、甲斐《かい》から追放《ついほう》しよう。)

信虎《のぶとら》にとって、晴信《はるのぶ》は、自慢《じまん》のあとつぎではなかった。むしろ自分《じぶん》を追《お》い落《お》とそうとしている敵《てき》だった。それに、板垣信方《いたがきのぶかた》や飯富虎昌《おぶとらまさ》らの重臣《じゅうしん》たちは、晴信《はるのぶ》の武将《ぶしょう》としての器《うつわ》の大《おお》きさに、期《き》待《たい》を寄《よ》せているようだった。

(このまま、あやつをほうっておいたら、わしをないがしろにするだろう。)

信虎《のぶとら》は、晴信《はるのぶ》を追放《ついほう》する機会《きかい》をうかがった。


そして、晴信《はるのぶ》が二十歳《はたち》になったときだった。

信虎《のぶとら》は今川家《いまがわけ》に、ひそかに文《ふみ》をおくった。それには、息子《むすこ》の晴信《はるのぶ》を今川家《いまがわけ》であずかってほしいと書《か》かれていた。つまりは、人質《ひとじち》にしてくれということだった。

今川義元《いまがわよしもと》は、信虎《のぶとら》の文《ふみ》をうけとって、どうするべきか、考《かんが》えた。

「どうじゃ、雪斎《せっさい》。」

太原雪斎《たいげんせっさい》は、今川家《いまがわけ》に人質《ひとじち》でとらわれたおさない徳川家康《とくがわいえやす》を教育《きょういく》した、今川家《いまがわけ》の軍師《ぐんし》であり、知恵袋《ちえぶくろ》だった。

「甲斐《かい》の国《くに》は、信虎《のぶとら》にまかせていたほうがいいのか、それとも、若《わか》い晴信《はるのぶ》のほうがいいのか。どう思《おも》う？」

雪斎《せっさい》はこたえた。

「たえず近隣《きんりん》に戦《いくさ》をしかけている、荒武者《あらむしゃ》の信虎《のぶとら》より、おとなしい晴信《はるのぶ》のほうがよろしいでしょう。」

義元《よしもと》はうなずいた。

「わかった。では、このこと、晴信《はるのぶ》に知《し》らせよ。」

雪斎《せっさい》は、信虎《のぶとら》の文《ふみ》のことを晴信《はるのぶ》に知《し》らせた。

「父上《ちちうえ》が、おれを駿河《するが》に追放《ついほう》しようとしている。どうすればいいだろう。」

晴信《はるのぶ》は、板垣《いたがき》や、飯富《おぶ》、甘利《あまり》らと相談《そうだん》した。

「お屋形《やかた》さまが、そのようなことを考《かんが》えておられるのなら、このさい、やむをえませぬな。こちらが先手《せんて》をとりましょう。」

板垣《いたがき》はいった。

「先手《せんて》？」

「逆《ぎゃく》に、お屋形《やかた》さまを、駿河《するが》にふうじこめてしまうのでございます。」

甘利《あまり》や飯富《おぶ》もうなずいた。

「それしかないか。」

晴信《はるのぶ》はまゆをひそめて、つぶやいた。

幼少時代《ようしょうじだい》の学問《がくもん》の師《し》、臨済宗《りんざいしゅう》の岐秀元伯《ぎしゅうげんぱく》は、晴信《はるのぶ》に、中国《ちゅうごく》の王道思想《おうどうしそう》を教《おし》えた。

それは、乱世《らんせい》をしずめ、天下《てんか》を統一《とういつ》して、王道《おうどう》のまつりごとをしめせという教《おし》えだった。晴信《はるのぶ》がもっとも影響《えいきょう》をうけたのは、「孟子《もうし》」だった。それは、あくまでも民《たみ》を優先《ゆうせん》し、民《たみ》を基本《きほん》にすえて、国《くに》をおさめるというものだった。それにふさわしくない君主《くんしゅ》なら、替《か》えるべきだ。そう、となえていたのである。

父《ちち》の信虎《のぶとら》は、民《たみ》のことなどいっさいかまわなかった。したいときに戦《いくさ》をする父《ちち》は、君主《くんしゅ》として、ふさわしくない。

晴信《はるのぶ》は決意《けつい》した。

父《ちち》を追放《ついほう》するという、このくわだてには、弟《おとうと》の信繁《のぶしげ》もくわわった。

十六歳《さい》の信繁《のぶしげ》も、このまま信虎《のぶとら》がむちゃな戦《いくさ》ばかりしていると、甲斐《かい》の国《くに》はほろびるかもしれないとおそれていた。気《き》が向《む》いたら、みさかいなく、戦《いくさ》をはじめる父《ちち》のやり方《かた》では、もう、甲斐《かい》の国《くに》はたちゆかない。かしこい兄《あに》なら、甲斐《かい》の国《くに》を立《た》てなおしてくれる。そう考《かんが》えたのだ。

そして、天文《てんぶん》十年《ねん》（一五四一年《ねん》）六月《がつ》十四日《か》。

戦《いくさ》からもどってきたばかりの信虎《のぶとら》は、ともまわりの者《もの》をひきつれて、甲府《こうふ》から駿河《するが》へ向《む》かった。

「娘《むすめ》の顔《かお》を見《み》てまいる。」

義元《よしもと》の妻《つま》となっている娘《むすめ》に会《あ》いにいき、駿河《するが》からもどってきたら、つぎに、晴信《はるのぶ》を行《い》かせよう。

信虎《のぶとら》はそうもくろんでいた。

だが、信虎《のぶとら》が国境《こっきょう》をこえたとたん、関所《せきしょ》が厳重《げんじゅう》にとざされてしまった。

「おいっ、なにをいたすのかっ。」

異変《いへん》に気《き》づいた信虎《のぶとら》は、さけんだ。あわてて、ひきかえそうとしたが、関所《せきしょ》はあかなかった。気《き》がつくのが遅《おそ》かったのである。

結局《けっきょく》、晴信《はるのぶ》を追放《ついほう》するはずが、自分《じぶん》が追放《ついほう》されてしまったのだ。

このことは、まわりの国《くに》をおどろかせた。

——なんという不孝者《ふこうもの》か。

父《ちち》をないがしろにするなど、と日本中《にっぽんじゅう》は晴信《はるのぶ》の行為《こうい》を非難《ひなん》したが、甲斐《かい》の国《くに》の者《もの》たちは大《おお》よろこびだった。

戦国《せんごく》の世《よ》では、戦《いくさ》のたびに、農民《のうみん》が足軽《あしがる》としてかりあつめられるのだ。信虎《のぶとら》は、ききんのときだろうと、なんだろうと、しょっちゅう、戦《いくさ》をして、民《たみ》をくるしめてきた。その信虎《のぶとら》がいなくなった。これで、ひと安心《あんしん》だ。

農民《のうみん》たちはそう思《おも》って、よろこんだのである。

こうして、晴信《はるのぶ》は名実《めいじつ》ともに、十七代《だい》の武田家《たけだけ》の当主《とうしゅ》となった。

晴信《はるのぶ》が、まずはじめにおこなったのが、治水土木《ちすいどぼく》だった。笛吹川《ふえふきがわ》や釜無川《かまなしがわ》といった、長雨《ながあめ》がつづくと、すぐ洪水《こうずい》となる川《かわ》に、堤《つつみ》をつくったのだ。これで、農民《のうみん》たちは安心《あんしん》して米《こめ》をつくることができるようになった。

さらに、山《やま》くずれをふせぐために、ミツマタやウルシといった樹木《じゅもく》を植《う》えた。これらの樹木《じゅもく》からは、和紙《わし》やウルシぬりなどの特産物《とくさんぶつ》が生《う》まれるようになり、国《くに》はうるおった。

つぎに、父《ちち》、信虎《のぶとら》が開発《かいはつ》させた黒川金山《くろかわきんざん》などの、金銀《きんぎん》のとれる山《やま》をつぎつぎと発展《はってん》させていった。

「人《ひと》は城《しろ》、人《ひと》は石垣《いしがき》、人《ひと》は堀《ほり》。」

と、考《かんが》えて、国内《こくない》にあらたな城《しろ》はきずかずに、堀《ほり》しかない躑躅ヶ崎館《つつじがさきやかた》を、がんじょうな城《しろ》につくりかえようとはしなかった。

こうして、国《くに》をゆたかにするための方策《ほうさく》をおこなう一方《いっぽう》で、晴信《はるのぶ》は信虎追放《のぶとらついほう》に協力《きょうりょく》してくれた、板垣信方《いたがきのぶかた》、飯富虎昌《おぶとらまさ》、甘利虎泰《あまりとらやす》、さらに弟《おとうと》の信繁《のぶしげ》らをあつめた。

そして、晴信《はるのぶ》はいった。

「おれは、なにごともひとりできめてきた父《ちち》とはちがう。すべて、みなと相談《そうだん》して、ものごとをきめたいと思《おも》う。」

板垣《いたがき》はうなずいた。

「それは、よいことでございますな。」

晴信《はるのぶ》はみなを見《み》まわして、いった。

「みなにいいたいことがある。これから、おれは、天下《てんか》をめざすことにする。」

板垣《いたがき》らはおどろいた。

「天下《てんか》で、ございますか。」

「そうだ。おれはずっと考《かんが》えてきた。いつ他国《たこく》に攻《せ》めとられてしまうかと、毎日《まいにち》おそれなくてはならない、こんな戦国《せんごく》の世《よ》は、終《お》わらせねばならない。民《たみ》が安心《あんしん》して、日々《ひび》を暮《く》らせる、王道《おうどう》のまつりごとがおこなわれる国《くに》をつくりあげねばならないのだ。」

「王道《おうどう》のまつりごと、でございますか。」

「晴信《はるのぶ》さまは、そのようなことをお考《かんが》えだったのでございますか。」

ほうっと、ため息《いき》をつく者《もの》もいた。

「しかし、わが甲斐《かい》の国《くに》を思《おも》うと、四方《しほう》を山《やま》にかこまれ、いかにもきゅうくつであり、けっして、ゆたかな国《くに》であるとはいえない。天下《てんか》をめざすには、まず、相模《さがみ》の北条《ほうじょう》や、駿河《するが》の今川《いまがわ》などに負《ま》けない大国《たいこく》に、われらもならねばならない。そのためには領土《りょうど》をふやして、容易《ようい》に攻《せ》めほろぼされることのない、強《つよ》い国《くに》にならねばならない。」

晴信《はるのぶ》は自信《じしん》にみちた声《こえ》で、いった。

「よいか。おれは、この甲斐《かい》を足《あし》がかりにして、どこにも負《ま》けぬ強《つよ》い国《くに》をつくりあげてみせる。

それから、少《すこ》しずつまわりの国《くに》をしたがえ、ゆくゆくは京《きょう》へ出《で》て、天下《てんか》をおさめるつもりだ。」

晴信《はるのぶ》の考《かんが》えに、家臣《かしん》たちは感心《かんしん》したが、信繁《のぶしげ》は心配《しんぱい》そうな顔《かお》をした。

そんなことができるのだろうか。もしかしたら兄《あに》は、父《ちち》の信虎《のぶとら》のように、戦《いくさ》ばかりしようというのだろうか。

晴信《はるのぶ》は、そんな信繁《のぶしげ》の顔《かお》を見《み》て、いった。

「案《あん》ずるな、信繁《のぶしげ》。おれは父《ちち》のような、むちゃな戦《いくさ》はしない。たいせつなかりいれどきに、農民《のうみん》たちをかきあつめ、勝《か》つか負《ま》けるか、わからぬような戦《いくさ》に、無理《むり》にかりだすようなことはしない。」

このころの戦《いくさ》は、兵農《へいのう》が分離《ぶんり》していなかった。だから、戦《いくさ》は農閑期《のうかんき》におこなうのがふつうだった。しかし、信虎《のぶとら》はそんなことにはかまわず、戦《いくさ》をしていたのだ。

家臣《かしん》たちに向《む》かって、晴信《はるのぶ》はいった。

「よいか。おれは、じゅうぶんに考《かんが》えぬいたうえで、勝《か》てる戦《いくさ》しかしない。」

勝《か》てる戦《いくさ》をする。

このために、晴信《はるのぶ》が目《め》をつけたのは、信濃《しなの》だった。

（信濃《しなの》は、ゆたかな国《くに》だ。甲斐《かい》は二十二万石《まんごく》だが、信濃《しなの》は四十万石《まんごく》も、米《こめ》がとれる。土地《とち》のひろさも三倍《ばい》だ。それに、つごうがいいことに、信濃《しなの》はひとつの国《くに》として、まとまっていない。）

信濃《しなの》を攻《せ》めるにあたって、晴信《はるのぶ》は、大軍《たいぐん》を動《うご》かすのにつごうがよいように、「棒道《ぼうみち》」とよばれる軍道《ぐんどう》をつくらせた。そして、まずは南信濃《みなみしなの》の諏訪《すわ》をめざした。

「諏訪《すわ》を攻《せ》める。」

晴信《はるのぶ》がいうと、信繁《のぶしげ》がいった。

「されど、兄上《あにうえ》。諏訪《すわ》には、われらの妹《いもうと》、ねねがとついでおります。」

諏訪城《すわじょう》のあるじ、諏訪頼重《すわよりしげ》のもとに、武田家《たけだけ》のねねがとついでいたのだ。

「いうな、信繁《のぶしげ》。」

晴信《はるのぶ》にとって、信濃《しなの》を攻《せ》めるためには、妹《いもうと》の犠牲《ぎせい》も、やむをえないことだった。

晴信《はるのぶ》は、風林火山《ふうりんかざん》の旗《はた》をつくらせた。

はやきこと、風《かぜ》のごとく。しずかなること、林《はやし》のごとく。侵掠《しんりゃく》すること、火《ひ》のごとく。動《うご》かざること、山《やま》のごとく。

黒地《くろじ》に金《きん》の文字《もじ》で、孫子《そんし》の兵法《へいほう》の十四文字《もじ》が書《か》かれた旗《はた》をひるがえして、天文《てんぶん》十一年《ねん》（一五四二年《ねん》）、晴信《はるのぶ》がひきいる甲州軍《こうしゅうぐん》は、諏訪《すわ》に向《む》かった。

諏訪《すわ》は、すぐに落《お》ち、頼重《よりしげ》は自刃《じじん》（自殺《じさつ》）した。

さらに、天文《てんぶん》十四年《ねん》（一五四五年《ねん》）、晴信《はるのぶ》は中信濃《なかしなの》の高遠城《たかとおじょう》を攻《せ》めおとした。

こうして中信濃《なかしなの》、南信濃《みなみしなの》を、手《て》に入《い》れたのである。

晴信《はるのぶ》が、頼重《よりしげ》の先妻《せんさい》の子《こ》であり、たぐいまれな美《うつく》しさで評判《ひょうばん》の、十六歳《さい》の諏訪姫《すわひめ》を側室《そくしつ》にしようとしたとき、家臣《かしん》たちの多《おお》くは反対《はんたい》した。

「そのようなことをしたら、諏訪《すわ》の者《もの》たちのうらみを買《か》いますぞ。」

しかし、このときに、軍師《ぐんし》となっていた山本勘助《やまもとかんすけ》がいった。

「いや、晴信《はるのぶ》さまが諏訪姫《すわひめ》を側室《そくしつ》とされて、お子《こ》が生《う》まれれば、諏訪《すわ》の者《もの》たちの希望《きぼう》となりまする。」

勘助《かんすけ》のことばに、家臣《かしん》たちはなるほどと、うなずいた。

晴信《はるのぶ》はほっとして、いった。

「では、勘助《かんすけ》、そなたに姫《ひめ》のことはまかせる。たのんだぞ。」

「はっ。」

勘助《かんすけ》はうなずいた。

さっそく勘助《かんすけ》は、諏訪姫《すわひめ》に会《あ》いにいった。

「いやです。」

ほこり高《たか》い諏訪姫《すわひめ》は、晴信《はるのぶ》の側室《そくしつ》になることをこばんだ。

「そのようなことになるのなら、わたしは死《し》にます。」

だが、勘助《かんすけ》は説《と》いた。

「お屋形《やかた》さまの子《こ》を産《う》みなされ。そして、その子《こ》を諏訪《すわ》のあるじとなされませ。」

諏訪姫《すわひめ》は勘助《かんすけ》の熱心《ねっしん》なことばに、ついにうなずいた。

「わかりました。」

勘助《かんすけ》のはたらきにより、諏訪姫《すわひめ》は、晴信《はるのぶ》の側室《そくしつ》となった。そして、ふたりのあいだには、勝頼《かつより》が生《う》まれ、この子《こ》は、のちに武田家《たけだけ》のあとつぎとなっていくのであった。


諏訪《すわ》を領地《りょうち》とした晴信《はるのぶ》は、これから攻《せ》めとっていく国《くに》をきちんとおさめるために、五十五か条《じょう》の「甲州法度之次第《こうしゅうはっとのしだい》」、いわゆる「信玄家法《しんげんかほう》」をつくった。

これは領国内《りょうごくない》の武士《ぶし》、地主《じぬし》、農民《のうみん》たちをみな平等《びょうどう》にあつかうという法《ほう》で、役人《やくにん》などの不正《ふせい》をゆ

るさないというものだった。

二十七歳《さい》の晴信《はるのぶ》はこの法《ほう》に自信《じしん》をもっていて、

「もしも、晴信《はるのぶ》が行《おこな》ったことなどで、この法《ほう》に反《はん》するようなことがあると思《おも》ったなら、身分《みぶん》にかかわりなく、投書《とうしょ》せよ。状況《じょうきょう》によって、自分《じぶん》もあらためる。」

と、最後《さいご》の条文《じょうぶん》である五十五か条《じょう》めには、しるした。

諏訪《すわ》のあと、晴信《はるのぶ》はさらに信濃《しなの》を攻《せ》めつづけた。その前《まえ》に立《た》ちふさがったのが、北信濃《きたしなの》の強者《きょうしゃ》、村上義清《むらかみよしきよ》だった。

天文《てんぶん》十七年《ねん》（一五四八年《ねん》）、二月《がつ》、晴信《はるのぶ》は上田原《うえだはら》で村上義清《むらかみよしきよ》と対戦《たいせん》した。

義清《よしきよ》は、晴信《はるのぶ》の姿《すがた》を見《み》ると、馬《うま》を走《はし》らせてきた。

「きさまが、武田《たけだ》のこせがれかっ。」

刃《やいば》をふりかざして、義清《よしきよ》は晴信《はるのぶ》におそいかかってきた。晴信《はるのぶ》も太刀《たち》をふりかざして、戦《たたか》った。

二度《ど》、三度《ど》、馬上《ばじょう》でふたりは戦《たたか》った。たがいに手傷《てきず》をおって、ようやくひきわけた。

このときの上田原《うえだはら》の戦《たたか》いは、晴信《はるのぶ》にとって、勝利《しょうり》したとはいえず、敗北《はいぼく》に近《ちか》かった。

一日《いちにち》のうちに、五度《ど》もすさまじい血戦《けっせん》があり、そこで板垣信方《いたがきのぶかた》、甘利虎泰《あまりとらやす》ら、多《おお》くの武将《ぶしょう》が討《う》ち死《じ》にしたのである。

「信方《のぶかた》、虎泰《とらやす》っ。」

信頼《しんらい》していた武将《ぶしょう》たちのなきがらを見《み》て、晴信《はるのぶ》は泣《な》いた。

（この戦《いくさ》、おれがまちがっていたのだろうか。）

そう思《おも》うと、つらかった。しかし、天下《てんか》をめざす、ゆたかな国《くに》になるためには、どうしても信《しな》濃《の》は領地《りょうち》としなければならなかった。信濃《しなの》と甲斐《かい》をあわせた国《くに》になれば、駿河《するが》の今川《いまがわ》や相模《さがみ》の北《ほう》条《じょう》に負《ま》けない大国《たいこく》になれるからだ。

だが、自分《じぶん》をささえてくれた重臣《じゅうしん》たちの死《し》は、晴信《はるのぶ》をうちのめした。このため、晴信《はるのぶ》は合戦《かっせん》の場《ば》を、四十日《にち》もはなれようとしなかった。

甲斐《かい》の武田《たけだ》が、村上《むらかみ》に敗《やぶ》れた。

この知《し》らせは、信濃《しなの》の武将《ぶしょう》たちを勢《いきお》いづかせた。武田《たけだ》にそむくのは、いまだとばかり、各地《かくち》で、晴信《はるのぶ》への反旗《はんき》をひるがえしたのだ。

晴信《はるのぶ》は、七千の兵《へい》をひきいて、つぎつぎに地侍《じざむらい》たちの反乱《はんらん》をしずめていった。そして、七月《がつ》十九日《にち》、信濃《しなの》林城主《はやしじょうしゅ》の小笠原長時《おがさわらながとき》と対戦《たいせん》した。

最初《さいしょ》は苦戦《くせん》したが、やがて盛《も》り返《かえ》し、大勝《たいしょう》した。

長時《ながとき》は、村上義清《むらかみよしきよ》をたよって、逃《に》げていった。

「義清《よしきよ》を討《う》つ。信方《のぶかた》や虎泰《とらやす》のかたきうちだ。」

晴信《はるのぶ》は、北信濃《きたしなの》の葛尾城《かつらおじょう》にいる村上義清《むらかみよしきよ》を攻《せ》めた。だが、義清《よしきよ》は強《つよ》く、なかなか勝《か》てなかった。しかし、天文《てんぶん》二十二年《ねん》（一五五三年《ねん》）四月《がつ》に、ついに葛尾城《かつらおじょう》を攻《せ》めおとした。

村上義清《むらかみよしきよ》と小笠原長時《おがさわらながとき》は、越後《えちご》（現在《げんざい》の新潟県《にいがたけん》）に逃《のが》れた。そして、越後《えちご》の若《わか》き武将《ぶしょう》、長尾景《ながおかげ》虎《とら》（のちの上杉謙信《うえすぎけんしん》）にすがった。

「無念《むねん》でござる。」

「先祖代々守《せんぞだいだいまも》ってきたわれらの領土《りょうど》を、武田《たけだ》にうばわれてしまったのでござる。」

男泣《おとこな》きに泣《な》く義清《よしきよ》たちに、景虎《かげとら》はいった。

「わかった。よくぞ、たよってまいられた。それがしが、武田晴信《たけだはるのぶ》にうばわれた領地《りょうち》をとりもどしてさしあげよう。」

こうして、「甲斐《かい》の虎《とら》」武田信玄《たけだしんげん》と、「越後《えちご》の龍《りゅう》」上杉謙信《うえすぎけんしん》との、五度《ど》にわたる戦《いくさ》、川中島《かわなかじま》の戦《たたか》いの火《ひ》ぶたが切《き》られたのである。

二　毘沙門天《びしゃもんてん》、虎千代《とらちよ》

甲斐《かい》の国《くに》で、勝千代《かつちよ》が生《う》まれた九年後《ねんご》の、享禄《きょうろく》三年《ねん》（一五三〇年《ねん》）、一月《がつ》二十一日《にち》のことだった。

ふりしきる雪《ゆき》におおわれた越後《えちご》の国《くに》（現在《げんざい》の新潟県《にいがたけん》）の春日山城《かすがやまじょう》で、ひとりの男《おとこ》の子《こ》が生《う》まれた。

のちに、「越後《えちご》の龍《りゅう》」とよばれた上杉謙信《うえすぎけんしん》である。

父《ちち》は、坂東平氏《ばんどうへいし》の流《なが》れをくむ名族《めいぞく》、越後長尾氏《えちごながおし》のひとつ、三条長尾家《さんじょうながおけ》のあるじで、越後《えちご》の守護《しゅご》代《だい》（室町時代《むろまちじだい》においては守護大名《しゅごだいみょう》の代官《だいかん》。しかし、戦国時代《せんごくじだい》には、その多《おお》くが実質的《じっしつてき》な領主《りょうしゅ》となった。）をつとめる、四十二歳《さい》の長尾為景《ながおためかげ》だった。母《はは》は、同《おな》じ長尾一族《ながおいちぞく》で、栖吉城《すよしじょう》のあるじ長《なが》尾房景《おふさかげ》の娘《むすめ》で、まだ十九歳《さい》の虎御前《とらごぜん》であった。

「この子《こ》の名前《なまえ》はいかがいたしましょう。」

虎御前《とらごぜん》がたずねると、為景《ためかげ》はいった。

「寅年生《とらどしう》まれだから、虎千代《とらちよ》とでも名《な》づけるか。」

二十も年《とし》のはなれた若《わか》い妻《つま》にいう、為景《ためかげ》のことばは、どこかおざなりだった。生《う》まれた子《こ》にたいする愛情《あいじょう》がほとんど感《かん》じられなかった。

それでも虎御前《とらごぜん》は、うなずいた。

「ありがとうございます。よい名《な》でございます。」

虎千代《とらちよ》が生《う》まれたとき、越後《えちご》の国《くに》は争乱《そうらん》のまっただなかにあった。守護上杉定実《しゅごうえすぎさだざね》の実家《じっか》をついだ上条城《じょうじょうじょう》の上条定憲《じょうじょうさだのり》が、守護代《しゅごだい》の長尾為景《ながおためかげ》をたおせと、豪族《ごうぞく》たちをあつめて、春日山城《かすがやまじょう》へ攻《せ》めよせていたのだ。

「あんなやつに、守護代《しゅごだい》をまかせてなるものか。」

定憲《さだのり》は兵《へい》をひきいて、豪族《ごうぞく》たちにいづった。

越後《えちご》は、細長《ほそなが》い地形《ちけい》をもつ、大《おお》きな国《くに》だった。信濃《しなの》に接《せつ》して、頸城平野《くびきへいや》のある「上越《じょうえつ》」、陸奥《むつ》に接《せっ》して、信濃川流域《しなのがわりゅういき》の「中越《ちゅうえつ》」、出羽《でわ》に接《せっ》して、阿賀野川流域以北《あがのがわりゅういきいほく》である「下越《かえつ》」と、三つの地域《ちいき》にわかれ、その地域《ちいき》ごとに、たくさんの豪族《ごうぞく》がおのおの城《しろ》をきずき、領地《りょうち》のあらそいがたえなかった。

長尾為景《ながおためかげ》は、上越《じょうえつ》にある春日山城《かすがやまじょう》から、戦《いくさ》に出《で》ていき、「戦鬼《いくさおに》」とよばれるほど、その生涯《しょうがい》において、百回以上《かいいじょう》もはげしい戦《たたか》いをくりひろげてきた荒武者《あらむしゃ》だった。

もともとは守護《しゅご》を守《まも》るべき家老《かろう》の身《み》でありながら、主君《しゅくん》にあたる守護《しゅご》の上杉房能《うえすぎふさよし》をたおし、ついで関東管領《かんとうかんれい》の上杉顕定《うえすぎあきさだ》をたおした。あるじをふたりも殺《ころ》して、実力《じつりょく》でのしあがってきたのである。まさに、『下剋上《げこくじょう》』をそのままあらわしたような戦国大名《せんごくだいみょう》だった。

しかし、もっとも勢《いきお》いのあったときには、為景《ためかげ》は越後全体《えちごぜんたい》を支配《しはい》していたが、いまやそのおもかげはなくなっていた。実権《じっけん》のない守護《しゅご》の上杉定実《うえすぎさだざね》をかつぎあげ、越後《えちご》の国《くに》の守護代《しゅごだい》として、上越《じょうえつ》をかろうじて支配《しはい》しているという状態《じょうたい》だった。

「もう、おれも戦《いくさ》につかれた。そろそろ、休《やす》みたいぞ。」

それが為景《ためかげ》の口《くち》ぐせだった。

だが、各地《かくち》で豪族《ごうぞく》たちが、つぎつぎとのろしをあげ、守護代《しゅごだい》の為景《ためかげ》には休《やす》むひまがなかった。

為景《ためかげ》はいやいやながらも、戦《いくさ》に出《で》ていかなければならなかった。

しかも戦《いくさ》は、はかばかしくなかった。春日山城《かすがやまじょう》からうって出《で》ても、ほとんどが負《ま》け戦《いくさ》ばかりだった。それでも、はかりごとをつかって、なんとか上越《じょうえつ》だけはうばわれないようにしているというのが実情《じつじょう》だった。

虎千代《とらちよ》が生《う》まれた年《とし》におきた上条定憲《じょうじょうさだのり》との戦《いくさ》を、為景《ためかげ》は、とくいの策略《さくりゃく》をつかって、なんとかおさめた。しかし、あらそいの火種《ひだね》はのこったままだった。いつ、また燃《も》えあがるか、わからなかった。

為景《ためかげ》は、虎御前《とらごぜん》の産《う》んだ虎千代《とらちよ》にたいして、守《も》り役《やく》に、重臣《じゅうしん》の金津新兵衛《かなづしんべえ》をつけた。しかし、虎千代《とらちよ》にたいしては、ほとんど愛情《あいじょう》をしめさなかった。

虎千代《とらちよ》は次男《じなん》であり、長尾家《ながおけ》のあとつぎには、すでに前妻《ぜんさい》の子《こ》である、二十二歳《さい》の長男《ちょうなん》、晴景《はるかげ》がいたこともあって、為景《ためかげ》には、おもわくがあったのだ。

(こやつは、坊主《ぼうず》にしよう。一族《いちぞく》のうちのひとりが出家《しゅっけ》すれば、九代《だい》にわたってすくわれるというからな。)

為景《ためかげ》が坊主《ぼうず》にしようと思《おも》っていた虎千代《とらちよ》は、おさないころから、なによりも武芸《ぶげい》が好《す》きだった。武将《ぶしょう》たちの子《こ》ばかりか、近《ちか》くの農民《のうみん》の子《こ》たちもあつめて、刀《かたな》や槍《やり》、弓《ゆみ》で一日中《いちにちじゅう》遊《あそ》んでいた。

「えいっ、えいっ。」

戦《たたか》うことが、虎千代《とらちよ》は大好《だいす》きだった。

さらには一間《けん》(約《やく》一・八メートル)四方《しほう》もある、城《しろ》の模型《もけい》をつくらせ、白《しろ》と黒《くろ》の人形《にんぎょう》を使《つか》って、城《しろ》をどう攻《せ》めおとすかという遊《あそ》びを好《この》んでおこなった。

「どうだ、弥太郎《やたろう》。この城《しろ》はどう攻《せ》めたほうがよいと思《おも》うか。」

虎千代《とらちよ》は、八歳年上《さいとしうえ》の小島弥太郎《こじまやたろう》にたずねた。弥太郎《やたろう》は模型《もけい》を見《み》まわして、首《くび》をふった。

「わかりませぬ。どこにも、同《おな》じ数《かず》の兵《へい》がおりますから、どこから攻《せ》めたほうがよいかは、わたしにはわかりませぬ。」

すると、虎千代《とらちよ》は、

「兵《へい》の数《かず》ではない。見《み》つけるべきは、城《しろ》の急所《きゅうしょ》だ。」

と、弥太郎《やたろう》に向《む》かって、いった。

「正門《せいもん》、東門《ひがしもん》、西門《にしもん》、裏門《うらもん》、いずれもかなりの兵《へい》が守《まも》っているが、この城《しろ》は、この西門《にしもん》が弱《よわ》い。なぜなら、地形《ちけい》が城側《しろがわ》にややさがっているからだ。水《みず》は上《うえ》から下《した》へ流《なが》れる。それと同《おな》じように、馬《うま》でかけおりるのには、ここがもっとも適《てき》している。だから、ここから、こう攻《せ》めよせればいいのだ。」

武士《ぶし》の子《こ》も、農民《のうみん》の子《こ》も、みな感心《かんしん》した。

「なるほど。」

「さすがは、虎千代《とらちよ》さま。」

毎日《まいにち》、武芸《ぶげい》や戦《いくさ》ごっこで遊《あそ》んでいる虎千代《とらちよ》を、家臣《かしん》たちは、

「鬼若《おにわか》さま。」

と、よぶようになった。

「鬼若《おにわか》さまは、たくましいのう。」

「すえは、りっぱな武将《ぶしょう》になられるぞ。」

金津新兵衛《かなづしんべえ》はじめ、長尾家《ながおけ》の家臣《かしん》たちはそういって、たのもしがった。

武芸遊《ぶげいあそ》びで一日《いちにち》をすごしたあとは、虎千代《とらちよ》は、母《はは》の虎御前《とらごぜん》にあまえた。虎御前《とらごぜん》は、清《きよ》らかなおもざしにふさわしく、観音菩薩《かんのんぼさつ》にたいする信仰心《しんこうしん》があつかった。

「南無観世音菩薩《なむかんぜおんぼさつ》。南無観世音菩薩《なむかんぜおんぼさつ》……。」

一日《いちにち》のうち、何度《なんど》も、虎御前《とらごぜん》は観音菩薩《かんのんぼさつ》に手《て》をあわせて、祈《いの》っていた。

「母上《ははうえ》、母上《ははうえ》。」

虎千代《とらちよ》は、若《わか》くて美《うつく》しい母《はは》のことが好《す》きでたまらなかった。父《ちち》からうけたことのない愛情《あいじょう》を、虎千代《とらちよ》はひたすら母《はは》にもとめた。

「虎千代《とらちよ》や。」

母《はは》は、つねづね虎千代《とらちよ》にいった。

「そなたはたいそう武芸《ぶげい》を好《この》んでいるようですが、すぐれた武将《ぶしょう》になるには、強《つよ》いだけではいけませんよ。」

「なぜ、強《つよ》いだけではいけないのですか。」

虎千代《とらちよ》がたずねると、母《はは》はうなずいた。

「強《つよ》いだけでは、りっぱな武将《ぶしょう》とはいえません。」

虎御前《とらごぜん》のことばは、夫《おっと》である為景《ためかげ》のことをさしているようだった。

「りっぱな武将《ぶしょう》となるためには、慈悲《じひ》の心《こころ》をもっていなくてはなりません。」

虎千代《とらちよ》はたずねた。

「慈悲《じひ》の心《こころ》とは、どんな心《こころ》ですか？」

「それはね。観音菩薩《かんのんぼさつ》さまのような、だれにもわけへだてのない、やさしい心《こころ》をもつことですよ。よいですか、虎千代《とらちよ》。」

虎千代《とらちよ》は母《はは》の顔《かお》を見《み》つめた。

（やさしい心《こころ》か。観音菩薩《かんのんぼさつ》さまというお方《かた》は、きっと、母上《ははうえ》のようなお方《かた》にちがいない。）

虎千代《とらちよ》はうなずいた。

「はい、母上《ははうえ》。わかりました。」

為景《ためかげ》は、はじめから虎千代《とらちよ》を仏門《ぶつもん》に入《い》れることにきめていたが、虎千代《とらちよ》が育《そだ》つにつれて、ますますそう思《おも》うようになっていった。

まだ子《こ》どもながら、強《つよ》い武将《ぶしょう》のへんりんを見《み》せる虎千代《とらちよ》をこのまま長尾家《ながおけ》においておけば、あとつぎの晴景《はるかげ》のためにならない。

その生涯《しょうがい》を、戦《いくさ》、戦《いくさ》で暮《く》らしてきたにもかかわらず、為景《ためかげ》は、武将《ぶしょう》としてはどこかたよりない、すぐに風邪《かぜ》をひいたりする長男《ちょうなん》、晴景《はるかげ》を、ひどく気《き》に入《い》っていた。そして、きりっとした目《め》で、武芸《ぶげい》を好《この》み、きびきびと動《うご》きまわる虎千代《とらちよ》を、うとましく感《かん》じていた。

「父上《ちちうえ》、これは、いかがいたせば、よいのでしょうか。」

晴景《はるかげ》は、父《ちち》にとりいるのがたくみだった。どんなにささいなことでも、父《ちち》にうかがいをたてるのだった。

「晴景《はるかげ》はどうすればよいか、わかりませぬ、父上《ちちうえ》。」

「さようか、晴景《はるかげ》。それはな、こういたせ。」

為景《ためかげ》は目《め》をほそめて、晴景《はるかげ》に教《おし》えてやるのだった。

よしよし、こやつなら、わしにそむくことはない。為景《ためかげ》は思《おも》った。しかし、虎千代《とらちよ》はちがう。

あやつは、まだ子《こ》どもながら、気性《きしょう》が荒《あら》い。長《ちょう》ずれば、わしにそむくようになるかもしれぬ。

みずからも、うらぎりをくりかえして、幕府《ばくふ》もみとめる守護代《しゅごだい》にまでのしあがってきた荒武者《あらむしゃ》の為景《ためかげ》は、豪族《ごうぞく》たちの反乱《はんらん》にたえずくるしめられてきたこともあり、なによりも自分《じぶん》にそむかない者《もの》を、あとつぎにすえたかった。

晴景《はるかげ》なら、わしも安心《あんしん》しておられる。

天文五年《てんぶんねん》（一五三六年《ねん》）の四月《がつ》、為景《ためかげ》は、ここで負《ま》ければ守護代《しゅごだい》をうばわれ、春日山城《かすがやまじょう》から追《お》われるという、戦《たたか》いをしいられた。

三分一ケ原《さんぶいちがはら》の戦《たたか》いである。

越後《えちご》の国《くに》の多《おお》くの有力《ゆうりょく》な武将《ぶしょう》たちを敵《てき》にまわしての戦《たたか》いであり、春日山城《かすがやまじょう》はもうすぐ攻《せ》めおとされると思《おも》われるほどの、きびしい戦《たたか》いだった。敵《てき》のなかでもとりわけ強力《きょうりょく》な相手《あいて》は、同《おな》じ長尾《ながお》一族《いちぞく》である上田《うえだ》長尾の房長《ふさなが》だった。

長尾家《ながおけ》は、上田長尾《うえだながお》、虎御前《とらごぜん》の生《う》まれた栖吉長尾《すよしながお》、いまの守護代為景《しゅごだいためかげ》の三条長尾《さんじょうながお》と三つにわかれていたのだ。

長尾房長《ながおふさなが》は、為景《ためかげ》もその強《つよ》さをみとめる武将《ぶしょう》だった。

これは、負《ま》けるかもしれない。

為景《ためかげ》は思《おも》った。

七歳《さい》の虎千代《とらちよ》も春日山城《かすがやまじょう》で、重《おも》たい鎧《よろい》、甲冑《かっちゅう》を身《み》につけて、母《はは》とともに死《し》ぬことをかくごした。

このとき為景《ためかげ》は、三条長尾家《さんじょうながおけ》の家督《かとく》を二十八歳《さい》の晴景《はるかげ》にゆずり、守護代《しゅごだい》をおりるという条件《じょうけん》を出《だ》して、戦《いくさ》をなんとかおさめた。

「為景《ためかげ》のあとの守護代《しゅごだい》をだれにするか。」

越後《えちご》の武将《ぶしょう》たちは、春日山城《かすがやまじょう》にあつまって、話《はな》しあった。本来《ほんらい》は、為景《ためかげ》のあとをついだ晴景《はるかげ》にすんなりときまるはずだったが、そうはならなかった。

「だれが、守護代《しゅごだい》になったほうが、自分《じぶん》にとってつごうがよいか。」

武将《ぶしょう》たちはそれを考《かんが》えたのだ。

もっとも有力《ゆうりょく》だったのは、上田長尾《うえだながお》の房長《ふさなが》に思《おも》われた。

房長《ふさなが》もその気《き》でいた。

おれも長尾一族《ながおいちぞく》だ。資格《しかく》はじゅうぶんある。おれがなっても、おかしくはない。

けれど、ほかの豪族《ごうぞく》たちは、もしも房長《ふさなが》を守護代《しゅごだい》にしたら、越後《えちご》をすべてわがものにしようとするにちがいないと、心配《しんぱい》した。

　とりわけ琵琶島城《びわじまじょう》のあるじで、ずっと為景《ためかげ》にそむいてきた、名将《めいしょう》のほまれの高《たか》い宇佐美定行《うさみさだゆき》は、房長《ふさなが》が守護代《しゅごだい》になることを警戒《けいかい》して、いった。

「晴景《はるかげ》どので、よいのではないか。」

　みなはしずまった。

　房長《ふさなが》はふゆかいな表情《ひょうじょう》をうかべたが、あえて反対《はんたい》の意見《いけん》はいわなかった。

　宇佐美《うさみ》のことばがきめ手《て》になり、結局《けっきょく》は、少《すこ》したよりないが、自分《じぶん》たちにとってはつごうのよい守護代《しゅごだい》として、長尾晴景《ながおはるかげ》がその地位《ちい》につくことになった。

　ふう。これでよい。

　父《ちち》の為景《ためかげ》は胸《むね》をなでおろした。

「虎千代《とらちよ》さまは、どうなされるのでございますか。」

　金津新兵衛《かなづしんべえ》がたずねると、為景《ためかげ》はいった。

「あいつは坊主《ぼうず》にする。」

「されど……。」

　新兵衛《しんべえ》はまゆを寄《よ》せた。

「虎千代《とらちよ》さまは、なっとくされるでしょうか。」

為景《ためかげ》はこともなげにいった。

「まだ七歳《さい》のこわっぱに、なっとくも、なにもあるものか。わしのいうとおりにすればよいのだ。」

こうして、為景《ためかげ》は虎千代《とらちよ》を、城下《じょうか》にある林泉寺《りんせんじ》にあずけることにした。


「いやじゃ、いやじゃ。」

寺《てら》に入《い》れられるのをいやがって、虎千代《とらちよ》は逃《に》げまわった。

「われは武士《ぶし》になるのじゃ。坊主《ぼうず》にはならぬ。」

いやがる虎千代《とらちよ》をときふせたのが、母《はは》の虎御前《とらごぜん》だった。

「虎千代《とらちよ》よ。」

虎御前《とらごぜん》はやさしいまなざしで、虎千代《とらちよ》にいった。

「いまはおとなしく、父上《ちちうえ》にしたがいなさい。」

「されど、母上《ははうえ》。」

「そなたが、どうしても僧侶《そうりょ》になるのがいやなときは、いつでも春日山城《かすがやまじょう》にもどってくればよいのですよ。」

「母上《ははうえ》……。」

虎御前《とらごぜん》のことばに、虎千代《とらちよ》は涙《なみだ》をのんで、うなずいた。


こうして、天文《てんぶん》五年《ねん》の七月《がつ》、虎千代《とらちよ》は林泉寺《りんせんじ》にあずけられた。林泉寺《りんせんじ》は、道元《どうげん》がきずきあげた曹洞宗永平寺《そうとうしゅうえいへいじ》の末寺《まつじ》だった。その住職《じゅうしょく》の天室光育《てんしつこういく》という名僧《めいそう》が、虎千代《とらちよ》を教育《きょういく》することになった。

「われは坊主《ぼうず》にはならぬ。」

虎千代《とらちよ》は、天室《てんしつ》にそういって、はじめはさからった。

しかし、天室《てんしつ》はおだやかにさとした。

「虎千代《とらちよ》どのは、僧侶《そうりょ》はおきらいか。」

「きらいだ。」

「さようか。虎千代《とらちよ》どのがなりたくなければ、無理《むり》に僧侶《そうりょ》にならなくとも、よいのです。けれど、仏《ほとけ》の道《みち》を学《まな》ぶのは、虎千代《とらちよ》どのにとって、きっとよいことがありますぞ。」

「よいこと?」

「さよう。」

天室《てんしつ》は、まず座禅《ざぜん》の行《ぎょう》からはじめた。

「虎千代《とらちよ》どの、まずは、すわりなされ。なに、むずかしくはありませぬ。ただ、すわるのです。」

天室《てんしつ》は虎千代《とらちよ》に、道元《どうげん》のとなえた、ただすわることによってさとりをえようとする、「只管打坐《しかんたざ》」を教《おし》えようとしたのである。

「ただ、すわる？」

虎千代《とらちよ》は目《め》を光《ひか》らせて、いった。

「そんなことをして、なんになるのか。」

「なんになる、ならないなど、考《かんが》えてはなりませぬ。」

天室《てんしつ》は虎千代《とらちよ》を見《み》つめた。

その目《め》は、澄《す》みきっていた。

(母《はは》と同《おな》じ目《め》だ。)

虎千代《とらちよ》は、その目《め》に、胸《むね》がうたれるのを感《かん》じた。この目《め》なら、信《しん》じられる。そう思《おも》った。

「よいかな。」

天室《てんしつ》は噛《か》んでふくめるようにいった。

「なにも考《かんが》えず、ただ、すわって、みずからの心《こころ》を見《み》つめることです。」

「心《こころ》を見《み》つめる？」

「さよう。さ、すわりなさい。」

虎千代《とらちよ》は、天室《てんしつ》のいうとおりに、座禅《ざぜん》してみた。

「よいかな、虎千代《とらちよ》どの。すわって、目《め》をとじるのです。すると、そこに心《こころ》の世界《せかい》がひろがります。」

「心《こころ》の世界《せかい》？」

「それは、はてしなくひろく、はてしなく深《ふか》いものです。虎千代《とらちよ》どのが、ふだん見《み》ている外界《がいかい》とは異《こと》なるものがそこにはひろがっています。虎千代《とらちよ》どのは、その心《こころ》の世界《せかい》をひたすら見《み》つめることで、心《こころ》の奥《おく》にひそむものを、見《み》つけなくてはなりません。」

「心《こころ》の奥《おく》にひそむもの？　それはいかなるものか。」

天室《てんしつ》は、ほほえんだ。

「だれの心《こころ》にもある、仏《ほとけ》の慈悲《じひ》の心《こころ》です。かぎりなく、やさしい愛《あい》の心《こころ》です。それを、われらは『仏性《ぶっしょう》』とよびます。」

慈悲《じひ》の心《こころ》、仏性《ぶっしょう》。

そのことばは、虎千代《とらちよ》を動《うご》かした。

(母上《ははうえ》と同《おな》じことをいっている。)

虎千代《とらちよ》はたずねた。

「それは、ほんとうに、だれの心《こころ》にも、あるのか?」

「さよう。けれど、それはなかなか見《み》つけることができません。人《ひと》の心《こころ》には、さまざまな魔物《まもの》が住《す》んでいます。人《ひと》を押《お》しのけたいとか、人《ひと》のものをうばいたいとか、人《ひと》を殺《ころ》したいとか、ありとあらゆる魔物《まもの》がいます。そうした魔物《まもの》をひとつひとつ退治《たいじ》していけば、おのずと、それがあらわれてくるのです。」

「魔物《まもの》をやっつけるのか。」

その考《かんが》えは、虎千代《とらちよ》の気《き》に入《い》った。

虎千代《とらちよ》の目《め》には、人《ひと》の心《こころ》にひそむという邪悪《じゃあく》な魔物《まもの》の姿《すがた》がひとつひとつ、見《み》えるようだった。

よし、あいつらをやっつけるのなら、おもしろい。座禅《ざぜん》とやらを、やってみようか。

「さよう。魔物《まもの》をやっつけるのです。」

天室《てんしつ》はいった。

「それなら、やろう。」

「魔物《まもの》をしりぞけたあとに、『仏性《ぶっしょう》』があらわれます。よいかな、虎千代《とらちよ》どの。それは、ただ、すわり、ひたすら、みずからの心《こころ》を見《み》つめることで、見《み》つけることができるのですぞ。」

天室《てんしつ》の澄《す》んだ目《め》を見《み》つめて、虎千代《とらちよ》はうなずいた。

「わかった。われも魔物退治《まものたいじ》をしてみる。」

虎千代《とらちよ》は、毎日座禅《まいにちざぜん》するようになった。

座禅《ざぜん》をくんで、心《こころ》に浮《う》かぶ魔物《まもの》をひとつひとつ退治《たいじ》していくうちに虎千代《とらちよ》は「死《し》」について考《かんが》えるようになった。

(人《ひと》は死《し》ぬ。いかなる荒武者《あらむしゃ》であろうとも、死《し》はいずれ、おとずれる。われは、どんな死《し》をむかえるのだろう……。)

こうして、座禅《ざぜん》をすることで、虎千代《とらちよ》は、いつかしら「死中《しちゅう》に生《せい》あり、生中《せいちゅう》に生《せい》なし。(死《し》ぬつもりでことをなせば、生《い》きることができる。生《い》きるつもりでことをなそうとすれば、生《い》きるのはむずかしい。)」という、生死《せいし》を超《こ》える、さとりの境地《きょうち》を学《まな》んでいった。

のちに、上杉謙信《うえすぎけんしん》は、重大《じゅうだい》な決断《けつだん》をしなくてはならないときは、ひとりすわって、しずかに瞑想《めいそう》したが、それはこのときに身《み》につけたものだった。

——死《し》なんとして戦《たたか》えば、かならず生《い》きる。生《い》きんとして戦《たたか》えば、かならず死《し》するものなり。

謙信《けんしん》はこのことばを好《この》んで使《つか》ったが、戦場《せんじょう》における、死《し》をおそれぬ謙信《けんしん》のいさぎよさは、この境地《きょうち》から生《う》まれたのだった。

天室《てんしつ》に学《まな》んだのは、座禅《ざぜん》だけではなかった。孔子《こうし》や孟子《もうし》などの、当時《とうじ》の武士《ぶし》が学《まな》ぶべき四書《ししょ》五経《ご きょう》から、漢詩《かんし》、和歌《わか》、さらには笛《ふえ》や琵琶《びわ》までをも修得《しゅうとく》していった。

仏法《ぶっぽう》を日々《ひび》学《まな》ぶなかで、虎千代《とらちよ》がもっとも気《き》に入《い》ったのが、北天《ほくてん》を守《まも》る強《つよ》い神《かみ》、毘沙門天《びしゃもんてん》だった。

「われは、毘沙門天《びしゃもんてん》の生《う》まれ変《か》わりだ。」

虎千代《とらちよ》はそう思《おも》うようになった。

虎千代《とらちよ》は修行《しゅぎょう》のかたわら、林泉寺《りんせんじ》の庭《にわ》で、山《やま》をのぞみながら、笛《ふえ》を吹《ふ》いた。ふりしきる雪《ゆき》を見《み》ながら、笛《ふえ》を吹《ふ》いた。咲《さ》きひらいた桜《さくら》を見《み》ながら、あるいは、吹雪《ふぶき》のようにちっていく桜《さくら》を見《み》ながら、笛《ふえ》を吹《ふ》いた。

笛《ふえ》は、湖月《こげつ》という名《な》だった。

またあるときは、虎千代《とらちよ》は、こうこうとかがやく満月《まんげつ》の下《した》で、琵琶《びわ》をかなでた。朝《あさ》の光《ひかり》がみちるなかで、琵琶《びわ》をかなでた。さらには、吹《ふ》きすさぶ嵐《あらし》のなかで、琵琶《びわ》をかなでた。

虎千代《とらちよ》が愛《あい》した琵琶《びわ》は、朝嵐《あさあらし》という名《な》だった。

(われはこれからどうなるのだろう。このまま、僧侶《そうりょ》となっていくのだろうか。)

笛《ふえ》を鳴《な》らし、琵琶《びわ》をひきながら、虎千代《とらちよ》は思《おも》うのだった。

(どうなろうとも、われは正《ただ》しく生《い》きる。毘沙門天《びしゃもんてん》の強《つよ》さと、観音菩薩《かんのんぼさつ》の慈悲《じひ》の心《こころ》をもって生《い》きるのだ……。)

そんな虎千代《とらちよ》を見《み》て、天室《てんしつ》はほほえんだ。笛《ふえ》の音《ね》にも、琵琶《びわ》の調《しら》べにも、虎千代《とらちよ》のにごりのない、純粋《じゅんすい》な心《こころ》がこもっているのが感《かん》じられたからだ。

「いずれは、信義《しんぎ》にあつい、仁愛《じんあい》をもった、すぐれた武将《ぶしょう》となられよう。」

天室《てんしつ》は、虎千代《とらちよ》が僧侶《そうりょ》となるとは思《おも》っていなかった。やがては乱《みだ》れた越後《えちご》を統一《とういつ》する、心正《こころただ》しい武将《ぶしょう》になるであろうと思《おも》っていた。

林泉寺《りんせんじ》での年月《としつき》がすぎていった。

天文《てんぶん》十一年《ねん》(一五四二年《ねん》)の十二月《がつ》、父《ちち》の為景《ためかげ》が死《し》んだ。その知《し》らせを聞《き》いたとき、虎千代《とらちよ》は、父《ちち》を思《おも》った。

父《ちち》には、一度《いちど》もあたたかいことばをかけてもらったことがなかった。たまに、じろりと、なんだ、おまえもいたのかといわんばかりに、虎千代《とらちよ》をにらむだけの父《ちち》だった。

だから、父《ちち》への愛《あい》はなかった。それにもかかわらず、虎千代《とらちよ》は深《ふか》い悲《かな》しみを感《かん》じた。「生《せい》あるものは、すべて死《し》ぬ。」という「無常《むじょう》」を感《かん》じたからだった。

虎千代《とらちよ》が十四歳《さい》になったときだった。林泉寺《りんせんじ》に、守《も》り役《やく》だった金津新兵衛《かなづしんべえ》がやってきたのだ。

「虎千代《とらちよ》さま、おなつかしゅうございます。」

新兵衛《しんべえ》はひれふしていった。

「おお、新兵衛《しんべえ》か。」

虎千代《とらちよ》はたくましい若者《わかもの》に成長《せいちょう》していた。たえまない修行《しゅぎょう》と学問《がくもん》によって、全身《ぜんしん》はひきしまり、きりりとしたまゆの下《した》で、澄《す》みきった目《め》がきらきらと光《ひか》っていた。

「守護代《しゅごだい》さまがおよびでございます。」

「兄《あに》が？」

新兵衛《しんべえ》はうなずいた。

そのころ、父《ちち》の跡《あと》を継《つ》ぎ守護代《しゅごだい》となっていた晴景《はるかげ》は、たびかさなる豪族《ごうぞく》たちの反乱《はんらん》に手《て》を焼《や》いていた。もともと薬《くすり》にたよりがちで、戦《いくさ》がへたで、小心者《しょうしんもの》の晴景《はるかげ》にたいして、越後《えちご》の武将《ぶしょう》たちはしたがおうとせず、好《す》き勝手《かって》にしていたのだ。

とりわけ、阿賀野川以北《あがのがわいほく》の「下越《かえつ》」に城《しろ》をかまえている、「揚北衆《あがきたしゅう》」とよばれる武将《ぶしょう》たちは、守護代《しゅごだい》をまるきり無視《むし》していた。

「晴景《はるかげ》さまは、虎千代《とらちよ》さまを栃尾城《とちおじょう》のあるじにしたいとのお考《かんが》えでございます。」

栃尾城《とちおじょう》は、信濃川《しなのがわ》をのぞむ城《しろ》で、「中越《ちゅうえつ》」にあった。晴景《はるかげ》は、弟《おとうと》の虎千代《とらちよ》に、争乱《そうらん》のたえない「中越《ちゅうえつ》」をしずめ、さらには「下越《かえつ》」の揚北衆《あがきたしゅう》をおさえこむという、むずかしい役回《やくまわ》りをさせようとしたのだ。

なに、だめでもともとだ。やつらがかんたんにおさまるわけはない。虎千代《とらちよ》がやつらをおさえきれなかったなら、また寺《てら》にもどせばよい。

晴景《はるかげ》は、そう考《かんが》えていた。


「師《し》よ。」

虎千代《とらちよ》は林泉寺《りんせんじ》をはなれるときに、きちんとすわって、天室《てんしつ》と向《む》かいあった。

「行《ゆ》かれるのだな、虎千代《とらちよ》どのは。」

天室《てんしつ》はなごりおしそうに虎千代《とらちよ》を見《み》やった。

「師《し》のことは、生涯《しょうがい》、忘《わす》れぬ。」

虎千代《とらちよ》はいった。

「よきことを、われに教《おし》えてくれた。われは生涯《しょうがい》、師《し》の教《おし》えを守《まも》る。」

天室《てんしつ》はうなずいて、いった。

「うれしいことをいってくださる。わたしは、虎千代《とらちよ》どのが、この寺《てら》を去《さ》る日《ひ》がいつかくるとは、思《おも》っておりました。今日《きょう》がその日《ひ》になるとは。虎千代《とらちよ》どのがよき武将《ぶしょう》となられるように祈《いの》っております。」

虎千代《とらちよ》はいった。

「われは、仏法《ぶっぽう》を守《まも》る毘沙門天《びしゃもんてん》のような、強《つよ》い武将《ぶしょう》になる。」

「うむ。たのもしいことをいわれる。されど、虎千代《とらちよ》どのは、毘沙門天《びしゃもんてん》のように強《つよ》く正《ただ》しい武将《ぶしょう》になると同時《どうじ》に、観世音菩薩《かんぜおんぼさつ》のような、慈悲《じひ》の心《こころ》をもつことを忘《わす》れない武将《ぶしょう》となられるように。」

天室《てんしつ》は虎千代《とらちよ》の目《め》を見《み》つめて、いった。

「虎千代《とらちよ》どのなら、きっとそうなれると思《おも》っております。」

虎千代《とらちよ》は、新兵衛《しんべえ》にともなわれて、七年《ねん》ぶりに春日山城《かすがやまじょう》にもどった。名《な》も、そのときより景虎《かげとら》とあらためた。

「よう育《そだ》ったな、景虎《かげとら》。」

三十五歳《さい》の晴景《はるかげ》は、しもぶくれの顔《かお》で、十四歳《さい》の弟《おとうと》を見《み》やった。晴景《はるかげ》は、毎日《まいにち》、側女《そばめ》をはべらせ、酒《さけ》に酔《よ》いしれる日々《ひび》をおくっていた。

こやつが弟《おとうと》か。

軟弱《なんじゃく》な暮《く》らしで、まぶたが半分《はんぶん》ふさがっている自分《じぶん》とくらべると、ひさしぶりに見《み》る弟《おとうと》は、野性的《やせいてき》なおもざしで、目《め》がするどく光《ひか》り、いかにもきびきびとしているのが、まぶしいほどだった。

「は。兄上《あにうえ》もご壮健《そうけん》であらせられ、およろこび申《もう》しあげまする。」

天室《てんしつ》に教育《きょういく》をうけた景虎《かげとら》は、兄《あに》にたいすることばも、ていねいだった。

「たのんだぞ、景虎《かげとら》。栃尾《とちお》にて、さからうやつらをおさえてくれ。」

晴景《はるかげ》は、はればったいまぶたをまばたかせ、うっとうしそうに弟《おとうと》を見《み》ながら、いった。

「はい、兄上《あにうえ》。」

景虎《かげとら》はうなずいた。

そのとき景虎《かげとら》は、晴景《はるかげ》の横《よこ》で、流《なが》し目《め》をつかいながら、しなだれている側女《そばめ》に、いきどおりを感《かん》じていた。

(あの女《おんな》、魔物《まもの》だ。兄上《あにうえ》をたぶらかしておる。)

そう思《おも》えたのだ。

毘沙門天《びしゃもんてん》を愛《あい》する景虎《かげとら》には、母《はは》の虎御前《とらごぜん》をのぞけば、女人《にょにん》は、いさましい武将《ぶしょう》の心《こころ》を堕落《だらく》させる魔物《まもの》に思《おも》われた。

(われは、あのような女人《にょにん》をけっして近《ちか》づけぬぞ。戦《いくさ》の神《かみ》、毘沙門天《びしゃもんてん》にこの身《み》をささげるのだ。)

景虎《かげとら》はあらためて、そう決意《けつい》したのだった。


栃尾城《とちおじょう》に入《はい》った景虎《かげとら》をなめきった豪族《ごうぞく》たちは、つぎつぎと反旗《はんき》をひるがえした。

すると、景虎《かげとら》は毘沙門天《びしゃもんてん》の「毘《び》」を旗印《はたじるし》にかかげ、十四歳《さい》とは思《おも》えない戦《いくさ》ぶりで、豪族《ごうぞく》たちを打《う》ちやぶった。「中越《ちゅうえつ》」の武将《ぶしょう》たちを、力《ちから》でしたがえていったのだ。

「景虎《かげとら》さまは強《つよ》い。」

「なんと、出陣《しゅつじん》して、一度《いちど》も敗《やぶ》れたことがない。」

「まさに、毘沙門天《びしゃもんてん》のようだ。」

越後《えちご》の武将《ぶしょう》たちは、まだ少年《しょうねん》でありながら、負《ま》けを知《し》らない景虎《かげとら》のすさまじいまでの強《つよ》さに、目《め》をみはった。

「景虎《かげとら》さまこそ、晴景《はるかげ》さまにかわって、越後《えちご》の守護代《しゅごだい》となるべきお方《かた》ではないか。」

そうささやきかわすようになった。

なかでも、景虎《かげとら》を強《つよ》く支持《しじ》するようになったのは、与板城《よいたじょう》の直江実綱《なおえさねつな》や、琵琶島城《びわじまじょう》の宇佐美定《うさみさだ》行《ゆき》らだった。


天文《てんぶん》十四年《ねん》（一五四五年《ねん》）十月《がつ》、黒滝城《くろたきじょう》の黒田秀忠《くろだひでただ》が反旗《はんき》をひるがえしたとき、景虎《かげとら》はただちに栃尾《とちお》から出陣《しゅつじん》した。

秀忠《ひでただ》は、前《まえ》にも晴景《はるかげ》にそむいたことがあった。しかし、とらえられると、

「出家《しゅっけ》しますゆえ、おゆるしください。」

と、わびを入《い》れた。

「わびたのなら、よいわ。」

晴景《はるかげ》は、そういって、秀忠《ひでただ》をゆるしたのだ。

ところが、秀忠《ひでただ》はおとなしく出家《しゅっけ》するどころか、ふたたび黒滝城《くろたきじょう》にこもって、守護代《しゅごだい》にそむいたのだ。

「ゆるさぬ。」

景虎《かげとら》は、兄《あに》の晴景《はるかげ》ではなく、守護《しゅご》の上杉定実《うえすぎさだざね》に討伐《とうばつ》のゆるしをえて、黒滝城《くろたきじょう》にせまった。そして、城《しろ》の弱点《じゃくてん》をひとめでみぬくと、そこを攻《せ》めて、あっという間《ま》に城《しろ》を落《お》とし、黒田一族《くろだいちぞく》を討《う》ちとった。

「なんという強《つよ》さだ。」

「やはり、景虎《かげとら》さまこそ、守護代《しゅごだい》になるべきだ。」

越後《えちご》の武将《ぶしょう》たちは、そう願《ねが》うようになった。ばらばらになっている越後《えちご》を、強《つよ》い守護代《しゅごだい》がひとつにまとめてほしい。景虎《かげとら》なら、それができる。

琵琶島城《びわじまじょう》の宇佐美定行《うさみさだゆき》は、栃尾城《とちおじょう》へ行《い》き、まだ若《わか》い景虎《かげとら》の後見役《こうけんやく》となった。

しかし、景虎《かげとら》を守護代《しゅごだい》にという声《こえ》が大《おお》きくなることに、晴景《はるかげ》は怒《いか》りをおぼえた。このままでは、弟《おとうと》に春日山《かすがやま》をうばわれてしまう。それをおそれて、

「栃尾城《とちおじょう》の景虎《かげとら》を討《う》ちとる。」

と、晴景《はるかげ》は府中《ふちゅう》の春日山城《かすがやまじょう》から、越後《えちご》の武将《ぶしょう》たちによびかけた。

守護代《しゅごだい》の命令《めいれい》ということで、上田長尾《うえだながお》の房長《ふさなが》、政景親子《まさかげおやこ》らが府中《ふちゅう》にあつまってきた。その数《かず》は一万《まん》二千におよんだ。

「よしよし。これだけいれば、景虎《かげとら》など攻《せ》めつぶせる。」

晴景《はるかげ》は、二日《ふつか》がかりで進軍《しんぐん》し、一万《まん》二千の兵《へい》で、栃尾城《とちおじょう》をとりかこんだ。

「かなりの大軍《たいぐん》でございますな。」

栃尾城《とちおじょう》の矢倉《やぐら》から、城《しろ》をとりかこむ晴景《はるかげ》の兵《へい》を見《み》やりながら、景虎《かげとら》の軍師《ぐんし》となった宇佐美定行《うさみさだゆき》がいった。

「このままかたく門《もん》をとざして、かれらが攻《せ》めてくるのをむかえうちましょう。」

すると、景虎《かげとら》はいった。

「いや、そうはせぬ。」

「と、申《もう》されますと？」

「今夜《こんや》、門《もん》をひらいて、うって出《で》る。」

「それはいけませせぬ。われらの兵《へい》は三千しかおりませぬ。」

宇佐美《うさみ》は止《と》めようとした。すると、景虎《かげとら》はいった。

「定行《さだゆき》よ、よく見《み》よ。やつらの陣《じん》には、煙《けむり》が立《た》っておらぬであろう。かれらは、兵糧《ひょうろう》がつきているのだ。兵《へい》に飯《めし》を食《た》べさせずに、戦《たたか》うことはできぬ。今夜《こんや》のうちに、兵《へい》をひくにちがいない。」

景虎《かげとら》のいうとおりだった。

戦《いくさ》になれていない晴景《はるかげ》は、一万《まん》二千の兵《へい》のための食料《しょくりょう》をじゅうぶんに用意《ようい》していなかった。そのため、府中《ふちゅう》から栃尾《とちお》まで進軍《しんぐん》してきたときには、すべて食料《しょくりょう》がつきてしまっていたのである。

そこで、栃尾城《とちおじょう》をかこんだものの、その夜《よる》、いったんしりぞこうとしていたのだ。

夜更《よふ》けに、景虎《かげとら》は命《めい》じた。

「よし、攻《せ》めるぞ。」

景虎《かげとら》は門《もん》をひらかせ、みずから馬《うま》を走《はし》らせて、うって出《で》た。

しりぞきかけていた晴景《はるかげ》の軍勢《ぐんぜい》は、背後《はいご》をつかれて、ひとたまりもなく敗《やぶ》れ、ほうほうのていで逃《に》げさった。


逃《に》げる一万《まん》の兵《へい》を、景虎《かげとら》は追《お》った。

米山《よねやま》を登《のぼ》って府中《ふちゅう》の春日山城《かすがやまじょう》へもどろうとする晴景軍《はるかげぐん》を追《お》って、山《やま》のふもとまできたとき、景《かげ》虎《とら》は兵《へい》を止《と》めた。

「止《と》まれ。」

そして、山《やま》を見《み》やって、いった。

毘

「おれはつかれたので、少《すこ》し休《やす》む。」

宇佐美《うさみ》はいった。

「それは、いかがでございましょう。いま休《やす》まずに敵《てき》を追《お》えば、府中《ふちゅう》も落《お》とせますぞ。」

宇佐美《うさみ》はそういって、景虎《かげとら》に晴景軍《はるかげぐん》を攻《せ》めさせようとした。だが、景虎《かげとら》は首《くび》をふった。

「いや、いまは休《やす》む。」

そういうと、景虎《かげとら》は草《くさ》の上《うえ》にごろりと横《よこ》になって、ねむりはじめた。

「やむをえぬ。」

宇佐美《うさみ》は三千の兵《へい》を休《やす》ませた。

晴景《はるかげ》は、景虎《かげとら》が追《お》ってきたら、山《やま》の上《うえ》から追《お》い落《お》とそうとくわだてていた。だが、ちっとも追《お》ってこないので、山《やま》をおりはじめた。

まるでそのときをみはからったように、景虎《かげとら》は草《くさ》の上《うえ》から、むくっとおきあがった。

「よし、攻《せ》めるぞ。」

宇佐美《うさみ》はおどろいた。

「いまから、追《お》うのでございますか。」

「そうだ。」

景虎《かげとら》は全軍《ぜんぐん》に命《めい》じた。

「攻《せ》めよせろ。」

景虎《かげとら》の兵《へい》は信《しん》じられないほどのおそろしい速《はや》さで米山《よねやま》を登《のぼ》った。そして、山《やま》からおりていく一万《まん》の晴景軍《はるかげぐん》を追撃《ついげき》した。

「やつら、きたぞ。」

「上《うえ》から攻《せ》めてくるぞ。」

晴景軍《はるかげぐん》はあわてて逃《に》げまどったが、すさまじい勢《いきお》いで山《やま》から駆《か》けおりてきた景虎軍《かげとらぐん》に、さんざんに打《う》ち負《ま》かされ、府中《ふちゅう》へもどっていった。

「もはや、しりぞくべきであろう。」

晴景《はるかげ》は、守護《しゅご》の上杉定実《うえすぎさだざね》に説得《せっとく》されて、しぶしぶ守護代《しゅごだい》の座《ざ》をあけわたすことを決意《けつい》した。そして、弟《おとうと》の景虎《かげとら》を養子《ようし》にするという名目《めいもく》で、越後《えちご》の守護代《しゅごだい》をゆずった。

こうして、天文《てんぶん》十七年《ねん》(一五四八年《ねん》)、十二月三十日《がつ》《にち》、景虎《かげとら》はまだ十九歳《さい》で、春日山城《かすがやまじょう》に入《はい》り、守護代《しゅごだい》となった。

「景虎《かげとら》さまが、守護代《しゅごだい》になられたぞ。」

「これで、越後《えちご》も安心《あんしん》だ。越中《えっちゅう》から攻《せ》められてもだいじょうぶだ。」

越後《えちご》の武将《ぶしょう》たちは、そういって安心《あんしん》した。


景虎《かげとら》は、乱《みだ》れていた越後《えちご》をひとつにまとめるべく、各地《かくち》のあらそいをしずめていった。

天文《てんぶん》十九年《ねん》（一五五〇年《ねん》）、守護《しゅご》の上杉定実《うえすぎさだざね》が亡《な》くなり、足利幕府《あしかがばくふ》により、景虎《かげとら》は、正式《せいしき》に越《えち》後《ご》の国主《こくしゅ》である、守護大名《しゅごだいみょう》となった。

ちゃくちゃくと越後統一《えちごとういつ》をはたそうとする景虎《かげとら》にたいして、したがおうとしない勢力《せいりょく》は、いまや、同《おな》じ長尾一族《ながおいちぞく》の上田長尾《うえだながお》の房長《ふさなが》、政景《まさかげ》の父子《ふし》だけだった。

政景《まさかげ》には野心《やしん》があった。

おれが越後《えちご》をしきってやる。

父房長《ちちふさなが》がはたせなかった、越後守護代《えちごしゅごだい》の座《ざ》を、政景《まさかげ》はどうしても手《て》に入《い》れたかったのだ。しかし、景虎《かげとら》に攻《せ》めたてられ、城《しろ》をとりかこまれると、ついに景虎《かげとら》に降伏《こうふく》した。

こうして、天文《てんぶん》二十年《ねん》（一五五一年《ねん》）、景虎《かげとら》は越後《えちご》をひとつにまとめあげたのだった。

あくる天文《てんぶん》二十一年《ねん》（一五五二年《ねん》）、関東管領《かんとうかんれい》（足利幕府《あしかがばくふ》から続《つづ》いた、関東《かんとう》の守護大名《しゅごだいみょう》を管理《かんり》する役職《やくしょく》）の上杉憲政《うえすぎのりまさ》が、小田原城《おだわらじょう》の北条氏康《ほうじょううじやす》に攻《せ》めたてられ、城《しろ》を追《お》われて、わずか五十名《めい》にみたない兵《へい》をひきつれて、春日山城《かすがやまじょう》の景虎《かげとら》のもとにやってきた。

「無念《むねん》じゃ。」

憲政《のりまさ》は体《からだ》をふるわせながら、いった。

「なんともふがいないが、北条氏康《ほうじょううじやす》に負《ま》けた。あやつめ、わが子《こ》をも殺《ころ》してしまった。」

相模《さがみ》の北条氏康《ほうじょううじやす》か。

景虎《かげとら》は思《おも》った。

関東《かんとう》に百万石《まんごく》の領地《りょうち》をもつ、稀代《きたい》の戦《いくさ》じょうずと聞《き》いているが、いずれ、戦《たたか》うことになろう。

「よくぞ、ここまでまいられた。管領《かんれい》さま。」

景虎《かげとら》はうやうやしくいった。

「管領《かんれい》さまのために、御館《おたて》をつくってさしあげましょう。」

さらに、こういった。

「いずれ、それがしが北条氏康《ほうじょううじやす》を攻《せ》め、管領《かんれい》さまを、もとの地位《ちい》にもどしてさしあげまする。」

「おお。」

憲政《のりまさ》は感激《かんげき》した。

「越後《えちご》の龍《りゅう》、長尾景虎《ながおかげとら》は仁愛《じんあい》にあつい、信義《しんぎ》の男《おとこ》だ。たよってくる者《もの》をけっしてこばまない。そう聞《き》いてはいたが、これほどまでの男《おとこ》とは……。」

そういって、憲政《のりまさ》は泣《な》きくずれた。

景虎《かげとら》は、約束《やくそく》どおり、府中八幡《ふちゅうはちまん》の南《みなみ》に、憲政《のりまさ》のための館《たて》をきずいてやった。そこは、「御館《おたて》」とよばれ、憲政《のりまさ》はそこで暮《く》らすことになった。

(越後《えちご》の国守《こくしゅ》として、御所《ごしょ》と幕府《ばくふ》にあいさつしなくてはならぬ。)

京《きょう》へ行《い》き、後奈良天皇《ごならてんのう》と幕府《ばくふ》の将軍《しょうぐん》、足利義輝《あしかがよしてる》に会《あ》おうと、景虎《かげとら》は上洛《じょうらく》の準備《じゅんび》をはじめたが、ここで問題《もんだい》がおきた。

天文《てんぶん》二十二年《ねん》(一五五三年《ねん》)、武田晴信《たけだはるのぶ》に信濃《しなの》の領地《りょうち》をうばわれた村上義清《むらかみよしきよ》と小笠原長時《おがさわらながとき》が春日山《かすがやま》にやってきたのだ。

「無念《むねん》でござる。」

かつては剛腕《ごうわん》で鳴《な》らした五十三歳《さい》の村上義清《むらかみよしきよ》は、まだ二十四歳《さい》の景虎《かげとら》の前《まえ》で、男泣《おとこな》きに泣《な》いた。

「先祖代々守《せんぞだいだいまも》ってきたわれらの領土《りょうど》を、武田《たけだ》にうばわれてしまったのでござる。」

景虎《かげとら》は思《おも》った。

（父親《ちちおや》を追放《ついほう》して、守護《しゅご》の座《ざ》を確立《かくりつ》したという、あの武田晴信《たけだはるのぶ》か。あやつめ、甲斐《かい》の領土《りょうど》にあきたらず、妹《いもうと》むこの諏訪頼重《すわよりしげ》をほろぼして諏訪《すわ》を手《て》に入《い》れ、今度《こんど》は北信濃《きたしなの》を強引《ごういん》にうばいとるとは、義《ぎ》にもとる男《おとこ》だ。ゆるせぬ。）

景虎《かげとら》は義清《よしきよ》たちにいった。

「あいわかりもうした。よくぞ、たよってまいられた。それがしが、武田晴信《たけだはるのぶ》にうばわれた領地《りょうち》をとりもどしてさしあげよう。」

義清《よしきよ》たちはうれし泣《な》きした。

「景虎《かげとら》どの、かたじけない。」


こうして、景虎《かげとら》にとっては「義《ぎ》」の戦《たたか》いである、武田晴信《たけだはるのぶ》との宿命《しゅくめい》の対決《たいけつ》、「川中島《かわなかじま》の戦《たたか》い」が、このときから十一年《ねん》にわたって、五度《ど》つづくのである。

第《だい》二部《ぶ》　決戦《けっせん》、川中島《かわなかじま》

一　川中島《かわなかじま》第一《だい》戦《せん》

「勘助《かんすけ》よ。」

武田《たけだ》晴信《はるのぶ》は山本勘助《やまもとかんすけ》にたずねた。

「越後《えちご》を調《しら》べてきたか。」

「はっ。」

勘助《かんすけ》は、晴信《はるのぶ》に命《めい》じられて、越後《えちご》の国《くに》に入《はい》りこみ、長尾景虎《ながおかげとら》のことを聞《き》きまわってきたのである。

「いかなる男《おとこ》なのだ、景虎《かげとら》とは。」

晴信《はるのぶ》はたずねた。

「お屋形《やかた》さまより、九つ年下《としした》の、まだ二十四歳《さい》でございます。」

「その若《わか》さで、くせ者《もの》ぞろいの越後《えちご》をひとつにまとめたというのか。」

「はっ。越後《えちご》の長尾景虎《ながおかげとら》なる者《もの》、戦《いくさ》にめっぽう強《つよ》く、まだ負《ま》けたことがないといいます。」

晴信《はるのぶ》はにがい顔《かお》をした。

「虎千代《とらちよ》とよばれた幼少期《ようしょうき》、景虎《かげとら》は父の為景《ためかげ》にうとまれ、七歳《さい》から十四歳《さい》まで、天室《てんしつ》という住職《じゅうしょく》のいる林泉寺《りんせんじ》で、修行《しゅぎょう》させられたそうでございます。」

「坊主《ぼうず》になるはずだったのか。」

「はっ。その修行《しゅぎょう》が気《き》に入《い》ったのか、景虎《かげとら》は、いまも日々《ひび》、座禅《ざぜん》を欠《か》かさぬそうでございます。」

「座禅《ざぜん》とはな。」

「座禅《ざぜん》して、心《こころ》しずかに瞑想《めいそう》し、さらには笛《ふえ》を吹《ふ》き、琵琶《びわ》をたくみにかなでるとのことでございます。」

「ふん、風流者《ふうりゅうもの》だな。」

「酒《さけ》が好《す》きで、みそをさかなに、ぐいぐいと酒《さけ》をのみ、そのときおもむくままに詩《うた》をよむといわれております。酒《さけ》をのぞけば、その暮《く》らしぶりは、ひどく質素《しっそ》で、女人《にょにん》をいっさい近《ちか》づけぬそうでございます。」

「女《おんな》をそばに寄《よ》せつけぬというのか。」

「われは、毘沙門天《びしゃもんてん》の生《う》まれ変《か》わりであり、われはすべてを、戦《いくさ》の神《かみ》にささげるゆえ、女人《にょにん》は遠《とお》ざけなくてはならぬ。景虎《かげとら》はそうちかったと聞《き》きおよびます。」

「戦勝《せんしょう》の神《かみ》、毘沙門天《びしゃもんてん》か。」

「春日山《かすがやま》に毘沙門堂《びしゃもんどう》をたて、毎日《まいにち》、そこで祈《いの》っているとか。」

「足利尊氏《あしかがたかうじ》や楠正成《くすのきまさしげ》も信仰《しんこう》した毘沙門天《びしゃもんてん》の、生《う》まれ変《か》わりと信《しん》じるとはな。それほどにも、景《かげ》虎《とら》は戦好《いくさず》きなのか。」

「はっ。しかし、われは領土《りょうど》をほしくて戦《いくさ》はせぬ、義《ぎ》によってしか、戦《いくさ》はせぬ。そういっております。」

勘助《かんすけ》のことばに、晴信《はるのぶ》はにがにがしい表情《ひょうじょう》になった。

「義《ぎ》の戦《いくさ》か。」

「仁愛《じんあい》と節義《せつぎ》を重《おも》んじていて、たのまれたら、けっしていやとはいわぬ男《おとこ》のようでございます。北条《ほうじょう》に追《お》われた関東管領《かんとうかんれい》の上杉憲政《うえすぎのりまさ》も、景虎《かげとら》に泣《な》きついて、いまは館《たて》をつくってもらって、そこに住《す》んでおります。お屋形《やかた》さまに敗《やぶ》れたあの村上義清《むらかみよしきよ》や小笠原長時《おがさわらながとき》も……。」

晴信《はるのぶ》はまゆを寄《よ》せて、いった。

「わかった。義清《よしきよ》や長時《ながとき》のことはもういうな。」

それから、北《きた》の越後《えちご》の方角《ほうがく》に目《め》をやった。

「しかし、めんどうな男《おとこ》が越後《えちご》にあらわれたものだな。」

「十四歳《さい》で栃尾城《とちおじょう》のあるじとなってから、兄《あに》の晴景《はるかげ》をしりぞかせて、国守《こくしゅ》となるまで、一度《いちど》も負《ま》

毘

けたことがなく、その戦《いくさ》ぶりはまさしく毘沙門天《びしゃもんてん》の生《う》まれ変《か》わりのようだと、越後《えちご》の者《もの》たちはほめたたえております。」

「義清《よしきよ》め、そのようなやつに泣《な》きつくとは。」

勘助《かんすけ》はいった。

「いずれにせよ、お屋形《やかた》さまは、義清《よしきよ》たちにおとなしく信濃《しなの》を返《かえ》すか、それとも景虎《かげとら》と戦《たたか》うか。どちらかを選《えら》ばなくてはならなくなったのでございます。」

晴信《はるのぶ》は首《くび》をふっていった。

「おろかな。信濃《しなの》を返《かえ》してなるものか。信方《のぶかた》や虎泰《とらやす》の血《ち》を流《なが》してとった領地《りょうち》なのだぞ。甲斐《かい》と信《しな》濃《の》は、わが領国《りょうごく》なのだ。」

勘助《かんすけ》はしみじみといった。

「お屋形《やかた》さま、こたびの戦《いくさ》はせぬほうがよいと、勘助《かんすけ》は思《おも》います。」

「戦《いくさ》をせぬ?」

「景虎《かげとら》は戦《いくさ》をしたくてならぬ男《おとこ》でございます。しかも、戦《いくさ》をすれば、かならず勝《か》つと信《しん》じております。それゆえ、戦《いくさ》をさせぬのでございます。」

「わからぬ。どういうことだ。」

晴信《はるのぶ》がたずねると、勘助《かんすけ》はいった。

「おそらく、越後勢《えちごぜい》との決戦《けっせん》の場《ば》は、川中島《かわなかじま》でありましょう。ただし、そこに陣《じん》をはっても、景《かげ》虎《とら》が戦《いくさ》をしかけてくれば、ただちに、しりぞくのでございます。景虎《かげとら》は戦《いくさ》を知《し》りつくしておりますから、けっして深追《ふかお》いはいたしませぬ。」

「戦《たたか》わずに、逃《に》げよというのか。」

「いいえ、まともに相手《あいて》をしてはならないと申《もう》しあげておるのです。いま景虎《かげとら》と戦《たたか》うのは、良策《りょうさく》とはいえません。」

晴信《はるのぶ》は腕組《うでぐ》みした。

「なるほど。いずれ、越後《えちご》とは決戦《けっせん》のときがくる。そのときまでは、まともにぶつかるなというのだな。」

「さようでございます。お屋形《やかた》さまと景虎《かげとら》とは、いずれ、のっぴきならぬ戦《いくさ》をせねばならぬときが、かならずきます。」

晴信《はるのぶ》はうなずいた。

「いずれはそうなろう。そのとき、おれが勝《か》つか、景虎《かげとら》が勝《か》つか……。」

一方《いっぽう》、越後《えちご》の長尾景虎《ながおかげとら》は、春日山城《かすがやまじょう》で、大《おお》きな盃《さかずき》を豪快《ごうかい》にあけながら、村上義清《むらかみよしきよ》にたずねていた。

「義清《よしきよ》どの。甲斐《かい》の武田晴信《たけだはるのぶ》は、どのくらい強《つよ》いのでしょうか。」

義清《よしきよ》はいった。

「晴信《はるのぶ》の強《つよ》さは、ぶきみな強《つよ》さです。やつは、信濃《しなの》に侵攻《しんこう》し、上田原《うえだはら》、戸石《といし》と、わたしに二度《ど》もこっぴどく負《ま》かされたのです。ところが、あやつめ、負《ま》け戦《いくさ》に学《まな》んだのか、戦法《せんぽう》を変《か》えて、あきらめることなく攻《せ》めつづけ、わたしを負《ま》かしてしまった。」

二度《ど》の負《ま》け戦《いくさ》で、学《まな》んだというのか。

景虎《かげとら》は思《おも》った。

油断《ゆだん》のならぬやつだ、晴信《はるのぶ》は。

「とにかく、晴信《はるのぶ》という男《おとこ》は、しぶといのです。」

義清《よしきよ》のことばに、景虎《かげとら》はうなずいた。

「そうですか。剛腕《ごうわん》で知《し》られた義清《よしきよ》どのを、打《う》ちやぶるとは、なみたいていの者《もの》ではないでしょう。」

「晴信《はるのぶ》は、いったん領土《りょうど》をうばうときめたら、いかなる手立《てだ》ても、ためらいませぬ。諏訪頼重《すわよりしげ》のときも、はかりごとをもって、諏訪《すわ》をうばったのです。」

「はかりごとを？」

「さよう。晴信《はるのぶ》のやり方《かた》は、こうです。戦《たたか》う相手《あいて》のみかたをしようとしている豪族《ごうぞく》を、ひとりずつ、おどしたり、ほうびをちらつかせたりして、ひきはがしていくのです。相手《あいて》の力《ちから》をじゅうぶんにそいでから、じわじわ攻《せ》めたてるというものです。」

景虎《かげとら》はまゆをひそめた。

(もしかしたら、信濃《しなの》と越後《えちご》の国境《くにざかい》にいる豪族《ごうぞく》たちも、すでに晴信《はるのぶ》に調略《ちょうりゃく》されているのかもしれぬな……。)

義清《よしきよ》はにがにがしげにいった。

「つまりは、勝《か》てる戦《いくさ》しかしない。それが晴信《はるのぶ》のやり方《かた》なのです。」

景虎《かげとら》は盃《さかずき》をほして、いった。

「では、正面《しょうめん》きって、力攻《ちからぜ》めをせぬというのですか。」

「多《おお》くの場合《ばあい》は、そうです。ただし、ここぞというときには、全軍《ぜんぐん》を投《とう》じて、攻《せ》めてきます。わたしとの戦《たたか》いのときがそうでした。」

義清《よしきよ》はいった。

「晴信《はるのぶ》のかかげる旗《はた》は、風林火山《ふうりんかざん》。孫子《そんし》の兵法《へいほう》からとってきたことばです。」

「はやきこと、風《かぜ》のごとく、しずかなること、林《はやし》のごとく、侵掠《しんりゃく》すること、火《ひ》のごとく、動《うご》かざること、山《やま》のごとく……。」

景虎《かげとら》は、孫子《そんし》のことばをつぶやいた。

「それが、晴信《はるのぶ》のかかげる旗《はた》ですか。」

義清《よしきよ》はいった。

「晴信《はるのぶ》には、山本勘助《やまもとかんすけ》なる、一風変《いっぷうか》わった軍師《ぐんし》がついていて、それがどうやら策《さく》をさずけているようです。」

「山本勘助《やまもとかんすけ》ですか……。」

「勘助《かんすけ》は、もとから武田《たけだ》にいた、はえぬきの家臣《かしん》ではありません。今川家《いまがわけ》など、多《おお》くの大名《だいみょう》のもとで、けんめいに仕官《しかん》しようとしていたのですが、みなことわられ、武田家《たけだけ》に流《なが》れてきて、なぜか晴信《はるのぶ》に気《き》に入《い》られて、仕官《しかん》できたという男《おとこ》で、なかなかのくせ者《もの》です。」

景虎《かげとら》は、腕組《うでぐ》みをした。

「くせ者《もの》とは？」

「諸国《しょこく》を見《み》て歩《ある》いたために、勘助《かんすけ》は発想《はっそう》が自由《じゆう》で、とらわれがありません。諏訪頼重《すわよりしげ》の娘《むすめ》を、側《そく》室《しつ》にしたいと晴信《はるのぶ》がいうと、家臣《かしん》たちはみな反対《はんたい》しました。諏訪《すわ》の者《もの》たちの反感《はんかん》を買《か》うから、よしたほうがよいと。しかし、勘助《かんすけ》ひとりは、ちがう意見《いけん》をいいました。いや、諏訪《すわ》をおさめるためには、姫《ひめ》に子《こ》を産《う》ませて、その子《こ》に諏訪《すわ》をおさめさせることだと、進言《しんげん》したのです。」

「ふうむ。」

景虎《かげとら》はいった。

「では、戦《いくさ》の作戦《さくせん》も、勘助《かんすけ》がたてているのでしょうか。」

義清《よしきよ》はうなずいた。

「ここぞというときには、勘助《かんすけ》の策《さく》を、晴信《はるのぶ》が取《と》りあげているようです。」

「なるほど。晴信《はるのぶ》という男《おとこ》のことが、少《すこ》し、わかりもうした。油断《ゆだん》のならぬ男《おとこ》のようだが、景虎《かげとら》が打《う》ちやぶってさしあげます。」

ひげだらけの顔《かお》をくしゃくしゃにして、義清《よしきよ》はいった。

「たのもしいおことば、義清《よしきよ》、うれしゅうござる。ついては、景虎《かげとら》どの、お願《ねが》いでござる。晴信《はるのぶ》との戦《いくさ》には、それがしも、つれていってくだされ。」

景虎《かげとら》はうなずいた。

「むろん、そういたします。」

疾如風徐如林侵
掠如火不動如山

こうして、天文《てんぶん》二十二年《ねん》（一五五三年《ねん》）の八月《がつ》、武田晴信《たけだはるのぶ》がひきいる一万《まん》の甲州兵《こうしゅうへい》と長尾景虎《ながおかげとら》がひきいる八千の越後勢《えちごぜい》が、川中島《かわなかじま》で戦《たたか》った。

「打《う》ち負《ま》かすぞ。」

景虎《かげとら》は、一気《いっき》に勝負《しょうぶ》をつけてしまおうとした。

だが、晴信《はるのぶ》は、勘助《かんすけ》の策《さく》により、まともに景虎軍《かげとらぐん》とぶつかることはしなかった。のらりくらりと、決戦《けっせん》するのをさけて、景虎軍《かげとらぐん》をかわしつづけた。

景虎《かげとら》にあとおしされて村上義清《むらかみよしきよ》は、信濃《しなの》をとりかえすべく、ここぞと奮戦《ふんせん》し、葛尾城《かつらおじょう》と塩田城《しおだじょう》を武田《たけだ》からとりもどした。だが、そのあと、塩田城《しおだじょう》は武田軍《たけだぐん》に攻《せ》めたてられ、ふたたびうばわれてしまった。

この第《だい》一回《かい》めの川中島《かわなかじま》の戦《たたか》いは、勝敗《しょうはい》がつかないままに、ひきわけとなって、晴信《はるのぶ》も、景虎《かげとら》も兵《へい》を返《かえ》したのだった。

二　川中島第二戦《かわなかじまだいにせん》

信濃《しなの》を確実《かくじつ》にわが領土《りょうど》とするには、越後《えちご》の景虎《かげとら》と戦《たたか》わねばならない。

そう考《かんが》えた晴信《はるのぶ》は、東《ひがし》の北条氏康《ほうじょううじやす》、そして南《みなみ》の今川義元《いまがわよしもと》と、「三国同盟《さんごくどうめい》」をむすぶことにした。同盟《どうめい》をたしかなものにするために、武田《たけだ》、今川《いまがわ》、北条《ほうじょう》三家《け》が、婚姻《こんいん》をかわすことになった。晴信《はるのぶ》の息子《むすこ》、義信《よしのぶ》には、今川義元《いまがわよしもと》の娘《むすめ》がとつぎ、義元《よしもと》の息子《むすこ》、氏真《うじざね》には、北条氏康《ほうじょううじやす》の娘《むすめ》がとつぎ、氏康《うじやす》の息子《むすこ》、氏政《うじまさ》には、晴信《はるのぶ》の娘《むすめ》が、とついだ。三家《け》は、それぞれに婚姻《こんいん》でむすばれたのだ。

このことで、北条《ほうじょう》は関東《かんとう》に目《め》を向《む》け、今川《いまがわ》は西《にし》の三河《みかわ》に目《め》を向《む》け、武田《たけだ》は信濃《しなの》に向《む》かいあうことができるようになった。

この三者同盟《しゃどうめい》は、駿河《するが》の善徳寺《ぜんとくじ》で三人《にん》が会《あ》って、むすばれたので、「善徳寺《ぜんとくじ》の会盟《かいめい》」ともいわれた。

「よし、これで、景虎《かげとら》と戦《たたか》えるぞ。」

晴信《はるのぶ》は、景虎《かげとら》と戦《たたか》うために、信濃《しなの》との国境《くにざかい》に勢力《せいりょく》をもつ越後《えちご》の豪族《ごうぞく》たちに、手《て》をのばしていった。

とくいの調略《ちょうりゃく》をはじめたのだ。

ねらうは、善光寺平《ぜんこうじだいら》だった。

「ここをおさえれば、春日山城《かすがやまじょう》ののどもとをねらえる。」

景虎《かげとら》との戦《いくさ》を準備《じゅんび》していると、国境《こっきょう》を歩《ある》きまわってきた勘助《かんすけ》がいった。

「刈羽郡《かりわぐん》の柏崎《かしわざき》の東《ひがし》、北条高広《きたじょうたかひろ》が、どうやら景虎《かげとら》に不満《ふまん》をいだいておるようです。」

「北条《きたじょう》が？」

「はっ。大江広元《おおえのひろもと》の末裔《まつえい》を名《な》のり、名族《めいぞく》のほこりを捨《す》てきれない高広《たかひろ》は、めきめきと力《ちから》をつけてきた景虎《かげとら》に、おもしろくないものを感《かん》じているようです。」

「よし。なんとしても、高広《たかひろ》をだきこめ。武田《たけだ》につけば、領地《りょうち》を倍《ばい》にしてやるといってな。」

「はっ。」

勘助《かんすけ》は頭《あたま》をさげて、晴信《はるのぶ》のもとを去《さ》った。

そのころ、景虎《かげとら》は、念願《ねんがん》の上洛《じょうらく》をはたしていた。

天文《てんぶん》二十二年《ねん》、九月《がつ》、川中島第一戦《かわなかじまだいいっせん》の一月《ひとつき》あとのことだった。景虎《かげとら》は二十人《にん》の精鋭《せいえい》をひきいて、京《きょう》へ行《い》き、後奈良天皇《ごならてんのう》に拝謁《はいえつ》した。

そして、天盃《てんぱい》と御剣《ぎょけん》をさずかり、

「いよいよ敵《てき》を討《う》ち、忠節《ちゅうせつ》をちかうように。」

とのことばをもらった。

これで景虎《かげとら》は、晴《は》れて天皇《てんのう》からの綸旨《りんじ》をうけて、押《お》しも押《お》されもしない越後《えちご》の国守《こくしゅ》となり、その戦《いくさ》は、天皇《てんのう》のおすみつきによる、正義《せいぎ》のものとなったのである。

さらに、景虎《かげとら》は、足利幕府《あしかがばくふ》の将軍《しょうぐん》である、足利義輝《あしかがよしてる》に会《あ》った。

「おお、そなたが景虎《かげとら》か。」

義輝《よしてる》は景虎《かげとら》をむかえて、よろこんだ。

「いまどきめずらしい、『義《ぎ》の男《おとこ》』だと聞《き》いておる。」

そのころ、義輝《よしてる》は臣下《しんか》たちの横暴《おうぼう》にこまっていた。三好長慶《みよしながよし》や松永弾正《まつながだんじょう》といった、めきめきと力《ちから》をつけてきた家臣《かしん》たちが、将軍《しょうぐん》をないがしろにして、権勢《けんせい》をほしいままにしていたのだ。朽木《くつき》谷《だに》に逃《のが》れたりして、義輝《よしてる》は、いつ暗殺《あんさつ》されるかしれないという、あやうい状態《じょうたい》だった。

景虎《かげとら》にはそれがゆるせなかった。

「それがしが、やつらを追《お》いはらってさしあげましょう。」

景虎《かげとら》は義輝《よしてる》にいった。

戦《いくさ》になれば、だれにも負《ま》けぬ。いざとなったら、越後《えちご》から兵《へい》を呼《よ》びよせればよい。

景虎《かげとら》には自信《じしん》があった。

「いや、ありがたい申《もう》し出《で》だが、景虎《かげとら》よ。」

義輝《よしてる》は、力《ちから》なく笑《わら》って、いった。

「それはまだよい。まだ。」

応仁《おうにん》の乱《らん》から七十六年《ねん》がたち、いまや将軍《しょうぐん》とは名《な》ばかりで、みずからの兵《へい》をもたない義輝《よしてる》は、もしも三好《みよし》や松永《まつなが》を追《お》いはらっても、景虎《かげとら》がいなくなれば、すぐにかれらがもどってくることがわかっていたのだ。

そして、もしものときに景虎《かげとら》が越後《えちご》からかけつけるのは、どれほど時間《じかん》がかかるか。そのときまでに、かれらは義輝《よしてる》を殺《ころ》しかねなかった。

「では、いつ、追《お》いはらえばいいのですか。」

景虎《かげとら》はいった。

しかし、義輝《よしてる》は首《くび》をふるばかりだった。

「まだ、よいのじゃ。」

足利幕府《あしかがばくふ》を害《がい》する者《もの》どもを一掃《いっそう》したい。そう思《おも》う景虎《かげとら》にとっては、心《こころ》のこりだったが、義輝《よしてる》のもとを辞《じ》した。

そのあと堺《さかい》へ行《い》き、それから高野山《こうやさん》にもうでた。

「ここが高野山《こうやさん》か。」

景虎《かげとら》にとっては、そこは聖地《せいち》だった。胸《むね》いっぱい澄《す》んだ空気《くうき》を吸《す》い、景虎《かげとら》は思《おも》った。

「いつかは、ここで行《ぎょう》をつみたいものだ。」

戦《たたか》いにあけくれる身《み》でありながら、景虎《かげとら》は、つねに座禅《ざぜん》し、身《み》を清《きよ》めたいという思《おも》いがあった。京《きょう》にもどった景虎《かげとら》は、大徳寺《だいとくじ》の住職《じゅうしょく》、徹岫宗九《てっしゅうそうきゅう》のもとで座禅《ざぜん》し、宗心《そうしん》という法号《ほうごう》をさずけられた。

天文《てんぶん》二十四年《ねん》（一五五五年《ねん》）、二月《がつ》、刈羽郡《かりわぐん》で、武田晴信《たけだはるのぶ》にそそのかされた北条高広《きたじょうたかひろ》が景虎《かげとら》にそむいて、兵《へい》をあげた。

景虎《かげとら》は宇佐美定行《うさみさだゆき》らとともに、兵《へい》をひきいて、北条《きたじょう》の城《しろ》にせまった。そのすばやい動《うご》きに、高《たか》広《ひろ》はたまらず降伏《こうふく》した。

「ゆるしてはなりませぬぞ。」

宇佐美《うさみ》はいったが、景虎《かげとら》は、ゆるした。

「これでもう、さからうまい。」

しかし、背後《はいご》で糸《いと》をひいている武田晴信《たけだはるのぶ》との決戦《けっせん》に、あらためて景虎《かげとら》はそなえることにした。

四月《がつ》、春日山城《かすがやまじょう》を出《で》た。そして、善光寺《ぜんこうじ》の栗田寛明《くりたともあき》の堀之内城《ほりのうちじょう》を足場《あしば》にして、川中島周辺《かわなかじましゅうへん》に、武《たけ》田《だ》にそなえた砦《とりで》をきずかせた。

一方《いっぽう》、あくまでも善光寺平《ぜんこうじだいら》をおさえようとする晴信《はるのぶ》は、栗田《くりた》の分家《ぶんけ》を味方《みかた》につけ、旭山城《あさひやまじょう》に、三千の兵《へい》を入《い》れ、三百挺《ちょう》の鉄砲《てっぽう》を入《い》れ、みずからは犀川《さいがわ》の南《みなみ》に陣《じん》どった。

こうして、景虎《かげとら》の越後軍《えちごぐん》と晴信《はるのぶ》の甲斐軍《かいぐん》は、犀川《さいがわ》をはさんで、対決《たいけつ》することになった。第《だい》二回《かい》の川中島《かわなかじま》の戦《たたか》いである。

「勝《か》つ、一気《いっき》にかたをつける。」

七月《がつ》十九日《にち》。

毘沙門天《びしゃもんてん》を信《しん》じる景虎《かげとら》は、犀川《さいがわ》をわたって、猛烈《もうれつ》な勢《いきお》いで、甲斐軍《かいぐん》に攻《せ》めかかった。甲斐軍《かいぐん》は攻《せ》めたてられて、しりぞきかけた。

しかし、晴信《はるのぶ》ひきいる甲斐軍《かいぐん》も、これまでいくどもの戦《たたか》いをしてきただけあって、手《て》ごわかった。

「押《お》しもどせっ。」

晴信《はるのぶ》の下知《げち》で、甲斐軍《かいぐん》は必死《ひっし》で奮闘《ふんとう》した。三百挺《ちょう》の鉄砲《てっぽう》がいっせいに火《ひ》をふき、越後軍《えちごぐん》は犀川《さいがわ》の岸辺《きしべ》に押《お》しもどされた。

このあと、両軍《りょうぐん》は犀川《さいがわ》をはさんで、にらみあった。

へたに動《うご》いたほうが負《ま》ける。

どちらも動《うご》けず、持久戦《じきゅうせん》になった。

八月《がつ》、九月《がつ》と善光寺《ぜんこうじ》にくぎづけになった越後兵《えちごへい》に動揺《どうよう》が見《み》られた。そこで景虎《かげとら》は、五か条《じょう》の戦《せん》陣訓《じんくん》をつくった。

一、何年陣《なんねんじん》をはることになっても、命令《めいれい》にしたがう。

一、陣中《じんちゅう》であらそう者《もの》は成敗《せいばい》する。

一、そなえについて意見《いけん》ある者《もの》はいえ。

一、出陣《しゅつじん》の命《めい》にはいつでもしたがう。

一、たとえ一騎《き》でもはせさんじる。

といったものである。

この五か条《じょう》で、越後兵《えちごへい》の士気《しき》がゆるまないようにしたのだ。

川中島《かわなかじま》にはりつけられたかたちで、身動《みうご》きがつかなくなっていたのは、越後軍《えちごぐん》だけではなく、甲斐軍《かいぐん》も同《おな》じだった。

「このまま長《なが》きにわたって、ここにいても、ひとつもよいことはない。」

せっかく木曽《きそ》の地《ち》を攻《せ》めとろうとしていたのに、ここで足踏《あしぶ》みさせられたくない。晴信《はるのぶ》にはその思《おも》いがあった。

さらに、もうひとつ、諏訪姫《すわひめ》の病気《びょうき》が進《すす》んでいるという心配《しんぱい》があった。自分《じぶん》がほろぼした諏訪《すわ》頼重《よりしげ》の娘《むすめ》だったが、諏訪姫《すわひめ》を晴信《はるのぶ》は心《こころ》から愛《あい》していたのである。

晴信《はるのぶ》は、盟友《めいゆう》の今川義元《いまがわよしもと》に、講和《こうわ》の仲立《なかだ》ちをたのんだ。

「よかろう。」

義元《よしもと》は、いった。

「しかし、景虎《かげとら》は、義清《よしきよ》らにたのまれて、戦《いくさ》をはじめたのだから、その顔《かお》を立《た》ててやらねば、講《こう》和《わ》すまい。」

晴信《はるのぶ》はいった。

「では、北信濃《きたしなの》の城《しろ》を返《かえ》そう。」

なに、いったん返《かえ》しても、またとりもどしてやる。

晴信《はるのぶ》にはその自信《じしん》があった。景虎《かげとら》が春日山《かすがやま》にもどったら、じわじわと北信濃《きたしなの》を攻《せ》め、またうばいとってやる。

そのつもりだった。

ねばり強《づよ》く、少《すこ》しずつ領土《りょうど》をひろげていく晴信《はるのぶ》にたいして、景虎《かげとら》はじつにあっさりしていた。みずからの領土《りょうど》をひろげようという気持《きも》ちはなく、北信濃《きたしなの》の武将《ぶしょう》たちに泣《な》きつかれたから、助《たす》けてやるという男気《おとこぎ》を出《だ》して、晴信《はるのぶ》との「義《ぎ》の戦《いくさ》」をはじめたのだ。

戦《いくさ》を終《お》えれば、景虎《かげとら》はそこを支配《しはい》することなく、ひいていく。そのあと、じりじりとうばっていけば、景虎《かげとら》も動《うご》けまい。

景虎《かげとら》の性格《せいかく》を、晴信《はるのぶ》は理解《りかい》していたのだ。

「ならば、仲立《なかだ》ちしよう。」

義元《よしもと》は、景虎《かげとら》に晴信《はるのぶ》と講和《こうわ》するように提案《ていあん》した。

その条件《じょうけん》は、旭山城《あさひやまじょう》を捨《す》て、晴信《はるのぶ》が手《て》に入《い》れた北信濃《きたしなの》の城《しろ》をもとのあるじに返《かえ》すというものだった。それは、晴信《はるのぶ》にとってはかなり損《そん》な条件《じょうけん》だった。

「そういうことなら、手《て》を打《う》とう。」

村上義清《むらかみよしきよ》らの城《しろ》がもどってくるのだ。

景虎《かげとら》は満足《まんぞく》し、十月《がつ》十五日《にち》、晴信《はるのぶ》と講和《こうわ》した。だが、ほかの武将《ぶしょう》たちの城《しろ》はもどったが、義清《よしきよ》の城《しろ》はもどらなかった。晴信《はるのぶ》は、義清《よしきよ》の城《しろ》を返《かえ》すことをこばんだのだ。

こうして、川中島《かわなかじま》第二戦《だいせん》は終《お》わった。

四月《がつ》の出兵以来《しゅっぺいいらい》、七か月《げつ》ぶりに春日山《かすがやま》にもどった景虎《かげとら》を待《ま》っていたのは、家臣《かしん》たちの領土《りょうど》あらそいだった。

「ここはわが一族《いちぞく》の領地《りょうち》だ。」

「なにをいうか。われらの領地《りょうち》だ。」

そうした領地《りょうち》あらそいがたてつづけにおきて、景虎《かげとら》はうんざりした。

「ならば、勝手《かって》にせよ。わたしはもう、ほとほといやになった。」

弘治《こうじ》二年《ねん》（一五五六年《ねん》）、六月《がつ》、景虎《かげとら》はかつての師《し》、天室《てんしつ》に文《ふみ》をおくった。

——わたしは出家《しゅっけ》いたします。ゆくゆくは高野山《こうやさん》におもむき、修養《しゅうよう》しながら、仏《ほとけ》の道《みち》を歩《ある》いていくつもりです。わたしがいなくなったら、あとは、家臣《かしん》たちがうまくはからうでしょう。

そして、春日山城《かすがやまじょう》を出《で》て、比叡山《ひえいざん》にのぼってしまった。しずかな山寺《やまでら》で、清《きよ》らかに身《み》をたもち、ひたすら仏道修行《ぶつどうしゅぎょう》にはげみたい。ときがきたら、この比叡山《ひえいざん》から、高野山《こうやさん》へ行《い》こう。

それは、景虎《かげとら》のいつわらざる気持《きも》ちだった。景虎《かげとら》のなかには、毘沙門天《びしゃもんてん》のように、鬼神《きじん》となって雄々《おお》しく戦《たたか》いたいという気持《きも》ちと、身《み》を清《きよ》めて修行《しゅぎょう》したいという気持《きも》ちの両方《りょうほう》が、いつもせめぎあっていた。

このとき、景虎《かげとら》は本気《ほんき》だった。越後《えちご》のために、さらには泣《な》きついてきた義清《よしきよ》らのために、義《ぎ》の戦《いくさ》をしたにもかかわらず、家臣《かしん》たちのみにくい領土《りょうど》あらそいがおさまらないのだ。

もう、あらそいごとはつくづくいやだ。わたしは出家《しゅっけ》しよう。

そう思《おも》ったのである。

だが、越後《えちご》の武将《ぶしょう》たちは、あわてた。

二十七歳《さい》の、若《わか》くて、戦《いくさ》に強《つよ》く、信義《しんぎ》にあつい主君《しゅくん》が、城《しろ》や自分《じぶん》たちをほうりだして、比叡山《ひえいざん》の寺《てら》にこもってしまったのだ。

「なんということだ。」

「一日《いちにち》も早《はや》く、景虎《かげとら》さまにもどってもらわねば。」

「越後《えちご》は、ばらばらになってしまう。」

「越中《えっちゅう》に攻《せ》められる。」

「いや、武田《たけだ》のえじきになるぞ。」

家臣《かしん》たちは、相談《そうだん》した。

そして、景虎《かげとら》の姉《あね》のとつぎ先《さき》である長尾政景《ながおまさかげ》がまとめ役《やく》になって、「もう領土《りょうど》あらそいはしない。」という、豪族《ごうぞく》たちからのちかいの文《ふみ》をあつめた。さらに、府中《ふちゅう》にそれぞれ人質《ひとじち》をおくことにした。

「お願《ねが》いでござる。」

政景《まさかげ》は、比叡山《ひえいざん》におもむき、景虎《かげとら》にたのんだ。

「景虎《かげとら》どのがおらねば、越後《えちご》はまとまりませぬ。あのにっくき武田晴信《たけだはるのぶ》に攻《せ》めとられてしまいまする。」

そのことばは、きいた。

景虎《かげとら》にとって、晴信《はるのぶ》は、ゆるしがたい敵《てき》だった。その敵《てき》に、せっかく自分《じぶん》がひとつにまとめた越後《えちご》を攻《せ》めとられてしまう。そう思《おも》うと、たまらなかった。

「家臣《かしん》たちは、もう領土《りょうど》あらそいはせぬとちかいました。どうか、お願《ねが》いでござる。春日山《かすがやま》にもどってくだされ。」

政景《まさかげ》のことばに、景虎《かげとら》はうなずいた。

「わかった。」

八月《がつ》、景虎《かげとら》は比叡山《ひえいざん》をおりて、春日山《かすがやま》にもどった。

三　川中島第三戦《かわなかじまだいさんせん》

「なに、景虎《かげとら》が出家《しゅっけ》して、比叡山《ひえいざん》に？　それはまことか。」

晴信《はるのぶ》はおどろいた。

「はっ。家臣《かしん》たちの領土《りょうど》あらそいにいやけがさしたものか、ほんとうに比叡山《ひえいざん》にのぼって、修行《しゅぎょう》をはじめたようです。」

勘助《かんすけ》はいった。

晴信《はるのぶ》は腕組《うでぐ》みした。

「変《か》わったやつだな。」

「そのようで。」

勘助《かんすけ》はいった。

「景虎《かげとら》がいないすきに、越後《えちご》を攻《せ》めまするか？」

晴信《はるのぶ》は考《かんが》えた。

「うむ。いや、しばらく様子《ようす》を見《み》よう。われらをだまそうとする、わなかもしれぬ。もしも、景《かげ》虎《とら》がほんとうにもどらないことがわかったなら、攻《せ》める。景虎《かげとら》のいない越後《えちご》など、赤子《あかご》の手《て》をひねるようなものだ。そうであろう、勘助《かんすけ》。」

「まさに、そうでございます。」

晴信《はるのぶ》は目《め》を光《ひか》らせた。

「これまでどおり、越後《えちご》の調略《ちょうりゃく》をたのむぞ、勘助《かんすけ》。」

勘助《かんすけ》はうなずいた。

「景虎《かげとら》にそむきそうな者《もの》が、おりまする。」

「だれだ。」

「箕冠城《みかぶりじょう》の、大熊朝秀《おおくまともひで》でございます。」

「よし、そのあたりから切《き》りくずせ。返《かえ》した北信濃《きたしなの》を、ふたたび、わがものとせねばな。」

「まことに、そうでございます。」

「されど、比叡山《ひえいざん》か。景虎《かげとら》め、なにを考《かんが》えておるのか。」

晴信《はるのぶ》はいった。

「この世《よ》は、力《ちから》だ。力《ちから》がなければ、国《くに》はほろび、民《たみ》はくるしむ。いまの世《よ》では、なまはんかな正《せい》義《ぎ》など、無用《むよう》なものだ。そうであろう、勘助《かんすけ》。」

勘助《かんすけ》はうなずいた。

「まことに。」

「それなのに、正義《せいぎ》をふりかざしてやまぬとは……。」

晴信《はるのぶ》はつぶやいた。

しかし、そのことばには、どこか晴信自身《はるのぶじしん》が、景虎《かげとら》にたいして、うらやましさを感《かん》じているようなひびきがあった。

「そのような男《おとこ》なのですな、景虎《かげとら》とは。正義《せいぎ》をふりかざして、家臣《かしん》や農民《のうみん》たちをしたがえるという、やり方《かた》なのでしょう。だが、家臣《かしん》たちが、それになっとくしているのか、どうかはわかりませぬ。」

勘助《かんすけ》はいった。

「いずれ、景虎《かげとら》とは真《ま》っ向《こう》からぶつかるであろうな。」

晴信《はるのぶ》はつぶやいた。

「景虎《かげとら》との戦《いくさ》のために、お屋形《やかた》さまは、影武者《かげむしゃ》をつくりなされ。」

「影武者《かげむしゃ》を？」

「さよう。ほかの陣《じん》にお屋形《やかた》さまがいるように見《み》せかけて、まともにぶつかってくる景虎《かげとら》を、あざむくのです。」

「おもしろい。そうしよう。」

勘助《かんすけ》の調略《ちょうりゃく》の手《て》が功《こう》を奏《そう》して、景虎《かげとら》が比叡山《ひえいざん》から春日山《かすがやま》にもどったとき、家臣《かしん》の大熊朝秀《おおくまともひで》がそむいた。

「大熊《おおくま》が？」

景虎《かげとら》は、うなった。

長尾家《ながおけ》につかえてきた代々《だいだい》の家臣《かしん》で、そむくとは考《かんが》えられなかったからだ。

（晴信《はるのぶ》の手《て》がのびたか。）

ただちに景虎《かげとら》は、宇佐美定行《うさみさだゆき》らに命《めい》じて、朝秀《ともひで》を攻《せ》めさせた。すると、朝秀《ともひで》は武田晴信《たけだはるのぶ》のもとに逃《に》げていき、その臣下《しんか》となった。

弘治《こうじ》三年《ねん》（一五五七年《ねん》）一月《がつ》、景虎《かげとら》は信濃《しなの》の更科八幡宮《さらしなはちまんぐう》に願《ねが》いの文《ふみ》をささげた。文《ふみ》には、武田晴信《たけだはるのぶ》の悪行《あくぎょう》をのべたうえで、神《かみ》の力《ちから》により信濃《しなの》に平穏《へいおん》をさずけてくださいとしるされていた。

せっかく晴信《はるのぶ》からとりもどしてやった信濃《しなの》の地《ち》が、このまま平和《へいわ》であってほしいと願《ねが》ったのだ。

だが、景虎《かげとら》の願《ねが》いはむなしく、晴信《はるのぶ》の手《て》はさらにのびていった。二月《がつ》、晴信《はるのぶ》のひきいる甲斐軍《かいぐん》によって、善光寺《ぜんこうじ》に近《ちか》い葛山城《かつらやまじょう》が攻《せ》めおとされた。さらに飯山城《いいやまじょう》が攻《せ》められた。景虎《かげとら》は四月《がつ》に、善光寺《ぜんこうじ》まで兵《へい》を進《すす》めて、甲斐軍《かいぐん》を追《お》いちらした。

そして、八月《がつ》、上野原《うえのはら》で、晴信《はるのぶ》と対戦《たいせん》した。川中島第三戦《かわなかじまだいさんせん》である。しかし、このときも晴信《はるのぶ》は決戦《けっせん》をさけたために、景虎《かげとら》は越後《えちご》にもどった。

永禄元年《えいろくがんねん》（一五五八年《ねん》）、足利義輝《あしかがよしてる》から、景虎《かげとら》に、晴信《はるのぶ》と和解《わかい》するようにという文《ふみ》がきた。そして、早《はや》く京都《きょうと》へくるようにとうながされた。

三好長慶《みよしながよし》と松永弾正《まつながだんじょう》にそむかれて、いつ攻《せ》められるかわからないという、切迫《せっぱく》した状況《じょうきょう》をうったえてきたのだ。

「よし。今度《こんど》こそ、やつらを討《う》ちとってやる。」

景虎《かげとら》は、永禄《えいろく》二年《ねん》（一五五九年《ねん》）、四月三日《がつみっか》、五千人《にん》の兵《へい》をひきつれて、上洛《じょうらく》した。

（だれと戦《たたか》っても、勝《か》つ。）

景虎《かげとら》には、その気持《きも》ちがあった。四月《がつ》二十七日《にち》、景虎《かげとら》は義輝《よしてる》に会《あ》って、金銀《きんぎん》、馬《うま》はじめ、多《おお》くのみつぎものを献上《けんじょう》した。

「おお、景虎《かげとら》か。」

義輝《よしてる》はよろこんだ。

「安心《あんしん》めされよ。それがしがただちに悪臣《あくしん》どもをたいらげてさしあげまする。」

景虎《かげとら》はうけあった。

だが、義輝《よしてる》は首《くび》をふって、いった。

「もう、いいのじゃ、景虎《かげとら》。」

「もう、いいとは？」

「三好《みよし》も松永《まつなが》も、わたしに忠実《ちゅうじつ》につかえるといっておる。」

景虎《かげとら》が上洛《じょうらく》することを知《し》ると、三好《みよし》と松永《まつなが》は、将軍義輝《しょうぐんよしてる》への態度《たいど》を変《か》えていた。これまでのことを反省《はんせい》し、これからはつつしんでおつかえしますと、恭順《きょうじゅん》の意《い》をしめしていたのだ。

「やつら、信用《しんよう》できませぬぞ。」

景虎《かげとら》はいった。

しかし、義輝《よしてる》はいった。

「荒《あら》だてたくないのじゃ、景虎《かげとら》。」

景虎《かげとら》は失望《しつぼう》した。悪臣《あくしん》をほろぼし、かたむきかけた足利幕府《あしかがばくふ》を立《た》てなおそう。その思《おも》いが、からまわりさせられたのだ。それでは、なんのために、五千の兵《へい》をひきつれてきたのか。口惜《くちお》しかった。

（やむをえぬ。）

義輝《よしてる》がのぞまないことをすることはできなかった。景虎《かげとら》はあきらめた。


五月一日《がつついたち》、正親町天皇《おおぎまちてんのう》に拝謁《はいえつ》した。

このとき、関白太政大臣近衛前嗣《かんぱくだいじょうだいじんこのえさきつぐ》に会《あ》って、和歌《わか》を習《なら》いたいと申《もう》し出《で》た。二十四歳《さい》の前嗣《さきつぐ》は、景虎《かげとら》が気《き》に入《い》った。そして、おどろくべきことをいった。

「みどもを、越後《えちご》につれていってくれぬか。」

「関白《かんぱく》さまを？」

「そうじゃ。そちは、いずれ関東管領《かんとうかんれい》となり、関東一円《かんとういちえん》をたいらげよう。みどもはそれが見《み》たい。」

前嗣《さきつぐ》はいった。

「どうじゃ、景虎《かげとら》。そうしてくれぬか。」
「わかりました。」
いつの日《ひ》か、前嗣《さきつぐ》を越後《えちご》につれていくと約束《やくそく》し、景虎《かげとら》は春日山《かすがやま》にもどった。

この景虎上洛《かげとらじょうらく》のすきに、晴信《はるのぶ》は川中島一帯《かわなかじまいったい》を占拠《せんきょ》した。そして、出家《しゅっけ》するかたちで、名《な》を信玄《しんげん》とあらためた。

永禄三年《えいろくねん》（一五六〇年《ねん》）、三月《がつ》、越中富山城《えっちゅうとやまじょう》の神保長職《じんぼうながもと》が越後《えちご》に攻《せ》めいってきた。

（信玄《しんげん》が、背後《はいご》であやつっておるな。）

それをみぬいた景虎《かげとら》は、越中《えっちゅう》に出兵《しゅっぺい》し、富山城《とやまじょう》をたちまち落《お》とした。さらには神保《じんぼう》が逃《に》げた増《ます》山城《やまじょう》も攻《せ》めおとした。

勝《か》ち戦《いくさ》のあと、春日山《かすがやま》にもどると、常陸《ひたち》の佐竹義昭《さたけよしあき》が、上杉憲政《うえすぎのりまさ》を通《つう》じて、出兵《しゅっぺい》を乞《こ》うてきた。

「常陸《ひたち》に、北条氏康《ほうじょううじやす》が攻《せ》めてきます。助《たす》けてください。」

相模《さがみ》の北条氏康《ほうじょううじやす》は、上杉憲政《うえすぎのりまさ》を追《お》いやったあと、足利義氏《あしかがよしうじ》を押《お》したてて、関東一円《かんとういちえん》をたいらげようとねらっていたのだ。佐竹義昭《さたけよしあき》は、つねづね、たのまれたらいやとはいわない景虎《かげとら》のことを知《し》っていたために、助《たす》けをもとめたのだ。

景虎《かげとら》は、文《ふみ》で、佐竹《さたけ》にこたえた。

——それがし、依怙《えこ》（利得《りとく》）によって、弓箭《きゅうせん》（弓矢《ゆみや》）はとらぬ。筋目《すじめ》（正義《せいぎ》）をもって、いずかたとも、合力《ごうりき》（力《ちから》を貸《か》す）いたす。

まさしく、景虎《かげとら》の生《い》き方《かた》が、ここにそのままあらわれている。

領土《りょうど》をふやすために、戦《いくさ》をしかける武田信玄《たけだしんげん》や北条氏康《ほうじょううじやす》と、わたしは生《い》き方《かた》がちがう。わたしは、義《ぎ》の戦《いくさ》しかしない。助《たす》けを乞《こ》われたなら、だれでも助《たす》ける。

しかし、景虎《かげとら》のその純粋《じゅんすい》な正義《せいぎ》の志《こころざし》が、戦国《せんごく》の世《よ》にあっては、欠点《けってん》となることがあった。

なぜなら、領土《りょうど》をもらうことで、あるじにつかえるという武将《ぶしょう》たちにとって、景虎《かげとら》は、忠実《ちゅうじつ》につかえても、領土《りょうど》をくれないあるじだったからだ。

そのため、越後《えちご》の武将《ぶしょう》たちのなかで、つぎつぎと景虎《かげとら》にそむく者《もの》があらわれたのだ。正義《せいぎ》よりも、領土《りょうど》を。それが武将《ぶしょう》たちの本音《ほんね》だったのだ。

同《おな》じ年《とし》の五月《がつ》、天下《てんか》をおどろかせるできごとがあった。二万《まん》五千の兵《へい》をひきいて、上洛《じょうらく》しようとしていた駿河《するが》の今川義元《いまがわよしもと》が、西《にし》へ向《む》かうさなか、桶狭間《おけはざま》で、尾張《おわり》の若《わか》き城主《じょうしゅ》、織田信長《おだのぶなが》に討《う》ちとられたのである。

「信長《のぶなが》か。」

景虎《かげとら》は、自分《じぶん》よりも四つ年下《としした》の信長《のぶなが》のことを、このときから注目《ちゅうもく》するようになった。

「三千の兵《へい》で、二万《まん》五千を破《やぶ》るとはな。」

八月下旬《がつげじゅん》、景虎《かげとら》は、上杉憲政《うえすぎのりまさ》をつれて、関東《かんとう》に出兵《しゅっぺい》した。向《む》かうところ、敵《てき》なしといった状態《じょうたい》で、北条方《ほうじょうがた》の城《しろ》をつぎつぎに落《お》とし、小田原城《おだわらじょう》めざして、進《すす》んでいった。

氏康《うじやす》は、武田信玄《たけだしんげん》に救援《きゅうえん》をもとめた。

このころ、関白《かんぱく》の近衛前嗣《このえさきつぐ》が越後《えちご》にやってきた。

景虎《かげとら》は、前嗣《さきつぐ》を足利義氏《あしかがよしうじ》にかわる関東公方《かんとうくぼう》として押《お》したて、永禄《えいろく》四年《ねん》（一五六一年《ねん》）、二月《がつ》に出陣《しゅつじん》した。すると、北条氏康《ほうじょううじやす》の支配《しはい》をおそれていた関東《かんとう》の武将《ぶしょう》たちがぞくぞくと景虎《かげとら》のもとにあつまってきた。その数《かず》は十二万《まん》にふくれあがった。

「義《ぎ》の戦《たたか》いだ。」

「景虎《かげとら》にしたがおう。」

氏康《うじやす》は、関東《かんとう》にきずいていた河越《かわごえ》などの多《おお》くの城《しろ》を捨《す》てさり、足利義氏《あしかがよしうじ》とともに、小田原城《おだわらじょう》に逃《に》げこんだ。

十二万《まん》の大軍《たいぐん》をひきいて、景虎《かげとら》は、小田原城《おだわらじょう》をとりかこんだ。しかし、氏康《うじやす》は、難攻不落《なんこうふらく》とされている、守《まも》りのかたい小田原城《おだわらじょう》にたてこもって、けっして戦《たたか》おうとしなかった。

「景虎《かげとら》め。」

氏康《うじやす》は思《おも》った。

「いつまでも、ここにはりついてはおられまい。いずれ、越後《えちご》にひいていく。」

氏康《うじやす》はそれをみぬいていた。

たしかに、景虎《かげとら》はいつまでも小田原《おだわら》にいるわけにはいかなかった。信玄《しんげん》や一向宗徒《いっこうしゅうと》がいつ越後《えちご》に攻《せ》めいるかわからなかったから、越後《えちご》にもどらなくてはならなかった。

三月《がつ》、景虎《かげとら》は小田原城《おだわらじょう》から兵《へい》をひいた。

とちゅう、鎌倉《かまくら》に立《た》ち寄《よ》り、三月《がつ》十六日《にち》、鶴岡八幡宮《つるがおかはちまんぐう》で、関東管領《かんとうかんれい》に就任《しゅうにん》した。そして、上杉《うえすぎ》憲政《のりまさ》の養嗣子《ようしし》として、政《まさ》の一字《じ》をもらい、上杉政虎《うえすぎまさとら》と名《な》のることになった。

就任《しゅうにん》の式《しき》には、関東《かんとう》七州《しゅう》の国主《こくしゅ》たちが参列《さんれつ》した。

管領《かんれい》にゆるされた網代輿《あじろごし》にのり、朱柄《しゅへい》の傘《かさ》と梨地《なしじ》の槍《やり》をもって、威風堂々《いふうどうどう》と、三十二歳《さい》の政虎《まさとら》は鶴岡八幡宮《つるがおかはちまんぐう》の道《みち》を進《すす》んだ。

(わたしが関東管領《かんとうかんれい》として、関東《かんとう》七州《しゅう》に、正義《せいぎ》をとりもどす。)

政虎《まさとら》の胸《むね》は、晴《は》れがましい気持《きも》ちでいっぱいだった。

そして六月《がつ》二十八日《にち》、政虎《まさとら》は春日山《かすがやま》にもどった。

四　川中島第四戦《かわなかじまだいせん》

永禄《えいろく》三年《ねん》に政虎《まさとら》が北条《ほうじょう》を攻《せ》めているあいだ、信玄《しんげん》は思《おも》うままに兵《へい》を進《すす》め、信濃《しなの》をちゃくちゃくと、とりもどしていた。

そして信濃《しなの》と越後《えちご》の国境《くにざかい》にくさびをうちこもうと、千曲川《ちくまがわ》の南《みなみ》、海津《かいづ》に城《しろ》をきずいた。城《しろ》には、名将《めいしょう》の高坂昌信《こうさかまさのぶ》に二千の兵《へい》をあたえて守《まも》らせた。さきに越後軍《えちごぐん》とあらそった善光寺平《ぜんこうじだいら》の地《ち》をうばおうとしていたのである。

「信玄《しんげん》め、またも策動《さくどう》しているのか。」

春日山《かすがやま》にもどった政虎《まさとら》は、永禄《えいろく》四年《ねん》の八月十四日《か》、二万《まん》の兵《へい》を春日山城《かすがやまじょう》にのこし、長尾政景《ながおまさかげ》にるすをまかせ、みずからは一万《まん》八千の兵《へい》をひきいて、信濃《しなの》へ進軍《しんぐん》した。十五日《にち》には善光寺《ぜんこうじ》についた。

「今度《こんど》こそ、信玄《しんげん》とまともにぶつかって、決戦《けっせん》する。」

政虎《まさとら》は心《こころ》をきめていた。

このために、五千の兵《へい》を善光寺《ぜんこうじ》にのこし、一万《まん》三千の兵《へい》をひきつれ、東《ひがし》に海津城《かいづじょう》を見《み》ながら前《ぜん》進《しん》し、敵中深《てきちゅうふか》く、川中島南部《かわなかじまなんぶ》の妻女山《さいじょさん》に布陣《ふじん》した。

「大胆《だいたん》すぎるのではないか。」

家臣《かしん》たちは思《おも》った。

「まずは、海津城《かいづじょう》をたたくのがさきではないのか。」

「後方《こうほう》を確保《かくほ》するためには、川中島《かわなかじま》の北《きた》に布陣《ふじん》したほうがよいのではないのか。」

「妻女山《さいじょさん》に陣《じん》をしいては、敵《てき》に包囲《ほうい》されるのではないか。」

しかし、家臣《かしん》たちは政虎《まさとら》にそれらをいうことはなかった。天性《てんせい》の戦《いくさ》じょうずの政虎《まさとら》がとる行動《こうどう》には、だれもなにもいえなかったのだ。

政虎《まさとら》が動《うご》いた。

知《し》らせを聞《き》いた信玄《しんげん》は、ただちに動《うご》いた。

八月《がつ》十八日《にち》、一万《まん》六千の兵《へい》をひきいて、甲府《こうふ》を出陣《しゅつじん》した。

「海津城《かいづじょう》に入《はい》りましょう。」

「すぐに妻女山《さいじょさん》を包囲《ほうい》しましょう。」

家臣《かしん》たちはいったが、信玄《しんげん》はそうしなかった。

政虎《まさとら》め、なにを考《かんが》えておるのか。おれをさそっているのか。そうとしたら、うかつに動《うご》くまい。

「戦《たたか》わず勝《か》つのが兵法《へいほう》なり。」

それを信条《しんじょう》とする信玄《しんげん》は、戦《いくさ》において、まだ負《ま》け知《し》らずの政虎《まさとら》と、まともにぶつかって戦《たたか》うのを、できればさけようとする気持《きも》ちがあった。

そこで、信玄《しんげん》は茶臼山《ちゃうすやま》に陣《じん》どった。

越後《えちご》への退路《たいろ》を断《た》ったうえで、政虎《まさとら》がどうするか、様子《ようす》を見《み》ることにしたのだ。

こうして、両軍《りょうぐん》は千曲川《ちくまがわ》をはさんで、向《む》かいあうことになった。

政虎《まさとら》はいっこうに動《うご》く気配《けはい》を見《み》せなかった。

「越後《えちご》への道《みち》が断《た》たれております。春日山《かすがやま》のるすを守《まも》っている兵《へい》を、すぐによんだほうがよいのではありませぬか。」

たまりかねて、重臣《じゅうしん》が進言《しんげん》しても、政虎《まさとら》はとりあわなかった。

そして、毎日《まいにち》、鼓《つづみ》を打《う》ったり、琵琶《びわ》をひいたりして、ゆうゆうとすごした。

「動《うご》かぬな、政虎《まさとら》。」

信玄《しんげん》はいった。

「はっ。動《うご》きませぬな。」

勘助《かんすけ》はうなずいた。

信玄《しんげん》は、できれば決戦《けっせん》をさけたかった。いま戦《たたか》えば、勝《か》つという自信《じしん》もなくはなかったが、絶《ぜっ》対《たい》とはいえなかった。

なによりも、政虎《まさとら》の鬼神《きじん》のような戦《いくさ》ぶりを、何度《なんど》も耳《みみ》にしていたからだ。戦《たたか》えば、双方《そうほう》、そうとうの損傷《そんしょう》をこうむることはあきらかだった。

政虎《まさとら》と信玄《しんげん》は、たがいに腹《はら》をさぐりあい、二十四日《か》から六日間《むいかかん》にわたって、両軍《りょうぐん》はにらみあった。

はじめに動《うご》いたのは、信玄《しんげん》だった。

二十九日《にち》、茶臼山《ちゃうすやま》を出《で》て、全軍《ぜんぐん》が海津城《かいづじょう》へ向《む》かったのだ。

「くるなら、こい。政虎《まさとら》。」

信玄《しんげん》はむかえうつ自信《じしん》があった。

「それとも、越後《えちご》へもどるか、政虎《まさとら》。」

それでもよいと、信玄《しんげん》は思《おも》っていた。退路《たいろ》をあけてやったのだから、このまま越後《えちご》へひいていけ。そう考《かんが》えてもいた。

「いまですぞ。移動《いどう》していく敵軍《てきぐん》の側面《そくめん》を攻《せ》めましょう。」

重臣《じゅうしん》は政虎《まさとら》にいった。

しかし、政虎《まさとら》は首《くび》をふった。

「信玄《しんげん》め、みごとな進軍《しんぐん》ぶりではないか。あれは、こちらの攻《せ》めをさそっておる。攻《せ》めたとたん、攻《せ》めかえしてくるつもりなのだ。」

政虎《まさとら》は、妻女山《さいじょさん》から動《うご》かなかった。そして、あいかわらず、笛《ふえ》を吹《ふ》き、琵琶《びわ》を鳴《な》らし、詩《うた》をよんだりした。

こうして妻女山《さいじょさん》の越後軍《えちごぐん》、海津城《かいづじょう》の甲府軍《こうふぐん》は、ふたたびにらみあったまま、日々《ひび》がすぎていった。

九月八日《がつようか》になった。

「政虎《まさとら》め、なにを考《かん》がえておるのか。」

しびれを切《き》らして、信玄《しんげん》は武将《ぶしょう》たちをあつめて、軍議《ぐんぎ》をひらいた。

「攻《せ》めましょう。」

飯富虎昌《おぶとらまさ》がいった。

「こちらのほうが兵力《へいりょく》は優勢《ゆうせい》です。このままでは、政虎《まさとら》をおそれて戦《たたか》わなかったと笑《わら》われます。」

馬場信春《ばばのぶはる》もいった。

「越後《えちご》から援軍《えんぐん》がかけつけるかもしれません。いまこそ、戦《たたか》うべきでしょう。」

信玄《しんげん》はうなずいた。

ついに、そのときがきた。

信玄《しんげん》には、その思《おも》いがあった。今度《こんど》こそ、政虎《まさとら》と決戦《けっせん》するのだ。

「では、どう戦《たたか》うか。」

信玄《しんげん》は、勘助《かんすけ》にたずねた。勘助《かんすけ》はしばらく考《かん》がえ、いった。

「キツツキの戦法《せんぽう》をとりましょう。」

「キツツキ?」

「はっ。キツツキは、樹《き》の肌《はだ》をたたいて、なかの虫《むし》を追《お》いだします。この例《れい》にならい、兵《へい》を二分《ぶん》して、別働隊《べつどうたい》に越後軍《えちごぐん》を背後《はいご》からおそわせ、川中島《かわなかじま》へ追《お》い落《お》とします。あらかじめ待《ま》ちかまえていた主力部隊《しゅりょくぶたい》が、逃《に》げてくる敵《てき》を殲滅《せんめつ》するのです。」

信玄《しんげん》はひざを打《う》った。

「なるほど、キツツキか。よし。それでいこう。明日《あす》、卯《う》の刻《こく》（午前《ごぜん》六時《じ》ごろ）に、合戦《かっせん》をはじめる。」

信玄《しんげん》は、高坂昌信《こうさかまさのぶ》ら十隊《たい》、一万《まん》二千の軍勢《ぐんぜい》を、九日《ここのか》の午前零時《ごぜんれいじ》ごろに、海津城《かいづじょう》から出発《しゅっぱつ》させた。南《みなみ》へ進《すす》み、とちゅうで西《にし》に進路《しんろ》を変《か》えて、越後軍《えちごぐん》のいる妻女山《さいじょさん》の東側《ひがしがわ》の背後《はいご》へとせまろうとした。

信玄《しんげん》がひきいる十三隊《たい》、八千の主力部隊《しゅりょくぶたい》は、午前《ごぜん》四時《じ》ごろ、城《しろ》を出《で》て、千曲川《ちくまがわ》をわたり、八幡原《はちまんばら》に陣《じん》をかまえた。

「よし、高坂《こうさか》らに背後《はいご》をつかれた越後軍《えちごぐん》を、ここで待《ま》ちかまえる。」

信玄《しんげん》は、このキツツキ戦法《せんぽう》で、勝《か》ったと思《おも》った。

だが、政虎《まさとら》はこの作戦《さくせん》をみぬいた。

九日夜《ここのかよる》、海津城《かいづじょう》からたちのぼっている、飯《めし》をたく煙《けむり》が、いつもより多《おお》いことに気《き》づいたのだ。

「やつら、今夜《こんや》、動《うご》くぞ。」

政虎《まさとら》は家臣《かしん》にいった。

「今夜《こんや》ですか？」

「そうだ。飯《めし》をいつもより多《おお》くたいている。明日《あす》の朝《あさ》、おそってくるつもりなのだ。」

兵《へい》が出動《しゅつどう》するには、腰《こし》に兵糧《ひょうろう》を二、三食分《しょくぶん》、用意《ようい》しなくてはならない。二万《まん》の兵《へい》が動《うご》くには、飯《めし》を大量《たいりょう》にたかなくてはならないのだ。天性《てんせい》の戦《いくさ》じょうずの政虎《まさとら》は、するどく、それをみぬいたのだ。

「信玄《しんげん》は、兵《へい》をふたつにわけるだろう。」

政虎《まさとら》はいった。

「一隊《たい》は、妻女山《さいじょさん》に奇襲《きしゅう》をかけてくる。もう一隊《たい》は、川中島《かわなかじま》で待《ま》ちかまえるつもりだ。」

政虎《まさとら》はすぐに動《うご》いた。

妻女山《さいじょさん》にまだ兵《へい》がいると見《み》せかけるために、紙《かみ》の旗《はた》を押《お》したて、かがり火《び》を燃《も》やした。そして、甘粕近江守《あまかすおうみのかみ》の隊《たい》一千の兵《へい》を山《やま》にのこすと、一万《まん》二千の兵《へい》が音《おと》をたてないように、ひそかに妻女山《さいじょさん》をくだっていった。千曲川《ちくまがわ》をわたり、武田軍《たけだぐん》の主力部隊《しゅりょくぶたい》よりも早《はや》く、川中島《かわなかじま》に向《む》かっていったのだ。

九月十日朝《がつとおかあさ》、川中島《かわなかじま》は濃《こ》い霧《きり》につつまれていた。

「まだか。」

信玄《しんげん》は息《いき》をつめて、待《ま》ちかまえていた。

午前六時《ごぜんじ》ごろには、妻女山《さいじょさん》への攻撃《こうげき》がはじまるはずだった。だが、妻女山方向《さいじょさんほうこう》はしずまりかえっている。

「変《へん》だぞ。なにか、高坂《こうさか》らに手《て》ちがいがおきたか。」

そう思《おも》ったときだった。

ふいに、越後軍《えちごぐん》が霧《きり》のなかからあらわれたのだ。どとうのように、一万《まん》二千の人馬《じんば》のとどろきがこちらへ向《む》かってくる。

「なんと!」

信玄《しんげん》は、おどろいた。

濃《こ》い霧《きり》の向《む》こうに、武田軍《たけだぐん》がいる。

それは、政虎《まさとら》の読《よ》みどおりだった。二手《ふたて》にわかれた武田軍《たけだぐん》の主力部隊《しゅりょくぶたい》八千が、八幡原《はちまんばら》に陣《じん》をしいていたのだ。

よし、勝《か》ったぞ。

政虎《まさとら》は勝利《しょうり》を信《しん》じた。

今度《こんど》こそ、信玄《しんげん》と決戦《けっせん》し、打《う》ちやぶる。

「かかれっ、車《くるま》がかりだっ！」

政虎《まさとら》は下知《げじ》した。

政虎《まさとら》のとくいとする「車《くるま》がかりの陣《じん》」とは、車輪《しゃりん》が回転《かいてん》するようにして、全軍《ぜんぐん》が円運動《えんうんどう》をおこないつつ、つきつぎと新手《あらて》をくりだしながら、敵《てき》を攻《せ》めたてるという、おそるべき戦陣《せんじん》だった。

先手《せんて》の大将《たいしょう》は、越後軍《えちごぐん》きっての猛将《もうしょう》、柿崎景家《かきざきかげいえ》だった。「黒備《くろぞな》え」とよばれる黒《くろ》ずくめの軍勢《ぐんぜい》の、すさまじい攻《せ》めを最初《さいしょ》にうけたのは、信玄《しんげん》の弟《おとうと》、武田信繁隊《たけだのぶしげたい》だった。

「かかれっ、かかれっ！」

柿崎隊《かきざきたい》は、猛烈《もうれつ》な勢《いきお》いで、信繁隊《のぶしげたい》を攻《せ》めたてた。

先陣《せんじん》から、信玄《しんげん》のもとに、知《し》らせの馬《うま》が走《はし》ってきた。

「敵《てき》は、車《くるま》がかりです！」

なに、車《くるま》がかりの陣《じん》、だと。

信玄《しんげん》は、あせった。

「いかん、このままでは負《ま》ける。」

信玄《しんげん》は全軍《ぜんぐん》に命《めい》じた。

「鶴翼《かくよく》の陣《じん》をしけ！　さすれば、車《くるま》がかりといえども、おそれるにたりぬ。」

鶴翼《かくよく》の陣《じん》とは、鶴《つる》がつばさをひろげるようにして、敵《てき》を押《お》しつつむという陣形《じんけい》だった。

この陣形《じんけい》で、なんとかもちこたえていれば、妻女山《さいじょさん》に向《む》かった一万《まん》二千がもどってくる。そうなれば、われらが勝《か》つ。ここは、ひたすら、もちこたえるのだ。

信玄《しんげん》は念《ねん》じた。

早《はや》く、もどれ。高坂《こうさか》らよ、早《はや》くもどれ。

こうして、一万《まん》二千の上杉軍《うえすぎぐん》と、八千の武田軍《たけだぐん》は、川中島《かわなかじま》で激突《げきとつ》した。このとき、兵力《へいりょく》に勝《まさ》る上杉軍《うえすぎぐん》があきらかに優位《ゆうい》に立《た》っていた。

苦戦《くせん》をしいられた武田信繁《たけだのぶしげ》は、兄《あに》のもとへ使者《ししゃ》を走《はし》らせた。

「われらは全員討《ぜんいんう》ち死《じ》にするかくごでござる。救援《きゅうえん》はいりませぬ。われらが戦《たたか》っているあいだに、勝利《しょうり》の手立《てだ》てを。」

悲壮《ひそう》なかくごで、信繁《のぶしげ》は上杉軍《うえすぎぐん》に向《む》かって、突入《とつにゅう》し、討《う》ち死《じ》にした。

山本勘助《やまもとかんすけ》も、死《し》をかくごした。

「わたしの、キツツキ作戦《さくせん》が失敗《しっぱい》したために、こうなったのだ。」

これほどの大苦戦《だいくせん》の原因《げんいん》をつくったのは、自分《じぶん》だ。

勘助《かんすけ》は、いさぎよく、その責任《せきにん》を負《お》うつもりだった。

「早《はや》まるな。」

原昌胤《はらまさたね》が止《と》めようとしたが、勘助《かんすけ》はそれをこばんだ。

「行《い》くことは流《なが》れのごとし。」

そういいのこすと、敵中《てきちゅう》に飛《と》びこんでいき、勘助《かんすけ》も討《う》ち死《じ》にした。こうして、武田《たけだ》の名《な》だたる武将《ぶしょう》たちはつぎつぎに死《し》んでいった。


ねらうは、ただひとり。信玄《しんげん》だ。

その前年《ぜんねん》、尾張《おわり》の織田信長《おだのぶなが》が、桶狭間《おけはざま》で、今川義元《いまがわよしもと》の首《くび》をとったことを、政虎《まさとら》は思《おも》った。

義元《よしもと》がいなくなったあとの駿河《するが》は、みるみる弱《よわ》くなった。甲斐《かい》も同《おな》じだ。信玄《しんげん》ひとりをたおせば、強国甲斐《きょうこくかい》の命運《めいうん》はつきる。

車《くるま》がかりの陣《じん》で、上杉軍《うえすぎぐん》が武田軍《たけだぐん》を攻《せ》めたてているさなか、政虎《まさとら》は、かぶとをぬいで、白《しろ》い布《ぬの》をかぶった。

敵《てき》に、総大将《そうだいしょう》の政虎《まさとら》と知《し》られてはならなかった。

政虎《まさとら》はただ一騎《き》で、走《はし》りだした。

「政虎《まさとら》さまっ！」

「まさか、お屋形《やかた》さまっ！」

直江実綱《なおえさねつな》らが止《と》めるまもなかった。

政虎《まさとら》は、月毛《つきげ》の馬《うま》を走《はし》らせ、武田《たけだ》の主力部隊《しゅりょくぶたい》に飛《と》びこんでいった。

「信玄《しんげん》を討《う》ちはたす。」

その一心《いっしん》だった。

萌黄色《もえぎいろ》の袖《そで》なし羽織《ばおり》をまとい、白《しろ》い布《ぬの》で頭《あたま》をつつみ、三尺《じゃく》(約《やく》九十センチ)の太刀《たち》をふりかざして、政虎《まさとら》はつき進《すす》んだ。

そのとき武田《たけだ》の本陣《ほんじん》は、すでに武田武者《たけだむしゃ》と上杉武者《うえすぎむしゃ》がいりみだれて、激闘《げきとう》をくりかえしていた。

「あやつだ！」

政虎《まさとら》は、床几《しょうぎ》（折《お》りたたみ式《しき》のいす）に腰《こし》かけている信玄《しんげん》を見《み》つけた。からうしの白毛《しろげ》をふさふさとたなびかせ、諏訪法性《すわほっしょう》のかぶとをかぶっている姿《すがた》は、信玄本人《しんげんほんにん》にちがいなかった。用心深《ようじんぶか》い信玄《しんげん》がいつも用意《ようい》している影武者《かげむしゃ》ではない。

そう確信《かくしん》した政虎《まさとら》は、太刀《たち》をふりあげて、馬上《ばじょう》から打《う》ってかかった。

「信玄《しんげん》！」

政虎《まさとら》はさけんだ。信玄《しんげん》は、かっと目《め》を見《み》ひらき、政虎《まさとら》をみとめた。

「政虎《まさとら》か！」

すさまじい太刀《たち》を、信玄《しんげん》は軍配団扇《ぐんばいうちわ》で、うけとめた。

一の太刀《たち》、二の太刀《たち》、三の太刀《たち》！

馬上《ばじょう》からくりだす政虎《まさとら》の太刀《たち》を、信玄《しんげん》は、かろうじてうけとめていった。

「お屋形《やかた》さまっ！」

家臣《かしん》たちがあわてて、信玄《しんげん》をとりかこんで、守《まも》った。家臣《かしん》のひとりが政虎《まさとら》に向《む》かって、槍《やり》をつきだした。

無念《むねん》。もはや、これまで。

政虎《まさとら》は馬《うま》で走《はし》りさった。

「お屋形《やかた》さま、ごぶじでしたか。」

家臣《かしん》たちが見《み》ると、信玄《しんげん》の軍配《ぐんばい》は、八か所《しょ》が破《やぶ》れ、かぶとと鎧《よろい》が傷《きず》ついていた。

信玄《しんげん》は、政虎《まさとら》の太刀《たち》を逃《のが》れたものの、武田軍《たけだぐん》は上杉軍《うえすぎぐん》に押《お》しに押《お》されつづけていた。

もはや、飯富隊《おぶたい》、穴山隊《あなやまたい》、そして信玄隊《しんげんたい》の三隊《たい》だけがかろうじて鶴翼《かくよく》の陣《じん》をたもっているという、さんざんな状態《じょうたい》で、敗色《はいしょく》が濃《こ》かった。

しかし、午前《ごぜん》十時《じ》ごろ、妻女山《さいじょさん》に向《む》かった高坂《こうさか》らの別働隊《べつどうたい》一万《まん》二千が、逆《ぎゃく》にだまされたことを知《し》って、主戦場《しゅせんじょう》へかけさんじてきた。

「やつらを、越後《えちご》に帰《かえ》すなっ！」

高坂《こうさか》らは、上杉軍《うえすぎぐん》の横《よこ》っ腹《ぱら》に、猛烈《もうれつ》な攻撃《こうげき》をくわえた。ここにいたって、形勢《けいせい》は逆転《ぎゃくてん》した。新《あら》手《て》の一万《まん》二千の武田兵《たけだへい》に、上杉軍《うえすぎぐん》は押《お》しまくられていった。

「ひけっ！」

政虎《まさとら》は、ついに命《めい》じた。

上杉軍《うえすぎぐん》は川中島《かわなかじま》の北《きた》へ逃《のが》れていった。

こうして、四度《ど》めの川中島《かわなかじま》の戦《いくさ》は終《お》わった。武田軍《たけだぐん》の死者《ししゃ》は、四千六百。上杉軍《うえすぎぐん》の死者《ししゃ》は、三千四百。

二十日《はつか》あまり、にらみあったあとの、たった一日《にち》、午前《ごぜん》六時《じ》から午前《ごぜん》十時《じ》までの、武田信玄《たけだしんげん》と上杉政虎《うえすぎまさとら》のすさまじい戦《たたか》いは、川中島《かわなかじま》の戦《いくさ》として、戦国史上《せんごくしじょう》、まれに見《み》る激闘《げきとう》となったのである。

武田《たけだ》家も、上杉《うえすぎ》家《け》も、家臣《かしん》たちはどちらも自分《じぶん》たちが勝《か》ったといいあった。しかし、信玄《しんげん》も、政虎《まさとら》も、そうは思《おも》わなかった。

前半《ぜんはん》は上杉《うえすぎ》が優勢《ゆうせい》で、後半《こうはん》は武田《たけだ》が優勢《ゆうせい》だったからだ。どちらも、相手《あいて》に勝《か》ったとはいいがたかった。

この川中島《かわなかじま》の激闘《げきとう》をよろこんだのは、北条氏康《ほうじょううじやす》だった。

「よし、このすきに関東《かんとう》をとりかえしてやる。」

氏康《うじやす》は、政虎《まさとら》についていた関東《かんとう》の豪族《ごうぞく》たちを、つぎつぎに打《う》ちやぶっていった。

このままでは、北条《ほうじょう》に領土《りょうど》をうばわれ、ほろぼされる。

不安《ふあん》をおぼえた豪族《ごうぞく》たちは、政虎《まさとら》からはなれ、氏康《うじやす》にしたがうようになった。

「氏康《うじやす》め。るすをねらうか。」

政虎《まさとら》は越後《えちご》から三国峠《みくにとうげ》をこえて、関東《かんとう》に出兵《しゅっぺい》した。そのつど、豪族《ごうぞく》たちはふたたび政虎《まさとら》についたが、かんじんの氏康《うじやす》はさっさと小田原城《おだわらじょう》へもどってしまい、けっして政虎《まさとら》と戦《たたか》おうとはしなかった。

同《おな》じ永禄《えいろく》四年《ねん》、政虎《まさとら》は足利義輝《あしかがよしてる》から、一字《じ》をもらい、上杉輝虎《うえすぎてるとら》となった。

そして永禄《えいろく》七年《ねん》（一五六四年《ねん》）、飛騨《ひだ》をめぐって、武田《たけだ》と上杉《うえすぎ》の五度目《どめ》の川中島《かわなかじま》の戦《いくさ》があった。しかし、信玄《しんげん》は輝虎《てるとら》との戦《いくさ》には、もうこりていた。輝虎《てるとら》とまともに戦《たたか》ったために、弟《おとうと》の信繁《のぶしげ》や軍師《ぐんし》の勘助《かんすけ》を死《し》なせてしまったのだ。

ぜったいに、やつとはまともに戦《たたか》わぬ。

もともと、信玄《しんげん》は王道国家実現《おうどうこっかじつげん》をめざし、領土《りょうど》をひろげようと戦《たたか》うことはあっても、ほかの目的《もくてき》のために戦《たたか》うということはしなかった。実質的《じっしつてき》な利《り》のない、義《ぎ》の戦《いくさ》など、ありえなかった。輝虎《てるとら》とはちがっていたのだ。

だから、信玄《しんげん》は戦《いくさ》をさけつづけた。

このため、最後《さいご》の川中島《かわなかじま》の戦《たたか》いは、ほとんど戦《たたか》いらしいものはなく、十月一日《がっついたち》、輝虎《てるとら》は春日山《かすがやま》にもどった。

第三部《だいさんぶ》　天下《てんか》をめざして

一 信玄《しんげん》、京《きょう》へ向《む》かう

輝虎《てるとら》との川中島《かわなかじま》の戦《たたか》いを終《お》えたあと、武田信玄《たけだしんげん》は、海津城《かいづじょう》の高坂昌信《こうさかまさのぶ》に、川中島《かわなかじま》四郡《ぐん》のおさえをまかせた。

そして西上野《にしこうずけ》を攻《せ》め、永禄《えいろく》九年《ねん》(一五六六年《ねん》)には、西上野《にしこうずけ》すべてを手《て》に入《い》れた。

つぎに、信玄《しんげん》がねらったのは、駿河《するが》だった。駿河《するが》は、織田信長《おだのぶなが》に今川義元《いまかわよしもと》が討《う》たれてからは、息子《むすこ》の氏真《うじざね》が国主《こくしゅ》となっていたが、かつての強国《きょうこく》のおもかげはなかった。

永禄《えいろく》十年《ねん》(一五六七年《ねん》)、三河《みかわ》の徳川家康《とくがわいえやす》に、信玄《しんげん》は使者《ししゃ》を送《おく》った。

「大井川《おおいがわ》をさかいにして、今川《いまがわ》の領土《りょうど》をわけとろう。」

家康《いえやす》に、異論《いろん》はなかった。

天下統一《てんかとういつ》のためには、なによりも海《うみ》がほしかった信玄《しんげん》には、待望《たいぼう》の戦《いくさ》だった。義元《よしもと》が生《い》きているあいだは同盟《どうめい》していたこともあり、今川《いまがわ》との戦《いくさ》はできなかったが、代《だい》がかわったいまは、もう、ためらうことはなかった。

「よいか。駿河《するが》をとる。」

信玄《しんげん》がいうと、息子《むすこ》の義信《よしのぶ》が反対《はんたい》した。

「わたしの妻《つま》は、義元《よしもと》どのの娘《むすめ》です。氏真《うじざね》どのは、わたしの義兄《ぎけい》です。なによりも、今川《いまがわ》と武田《たけだ》は同盟《どうめい》しているではありませぬか。父上《ちちうえ》、駿河《するが》を攻《せ》めるのは、なにとぞおやめください。」

信玄《しんげん》はいった。

「義信《よしのぶ》よ、わしが駿河《するが》をとらなければ、三河《みかわ》の家康《いえやす》がとるであろう。それならば、親戚《しんせき》であるわしがとるほうが理《り》にかなっておる。」

だが、義信《よしのぶ》はあくまでも反対《はんたい》した。

「おやめくださりませ。」

「義信《よしのぶ》よ、わしは天下《てんか》を統一《とういつ》して、この乱世《らんせい》を終《お》わらせたいのだ。そのためには、駿河《するが》は欠《か》かせぬ。それがわからぬのか。」

「駿河《するが》をうばわずとも、天下《てんか》をねらうことはできましょう。」

いいはる義信《よしのぶ》を、ついに信玄《しんげん》はとじこめた。そして、義信《よしのぶ》の妻《つま》で、義元《よしもと》の娘《むすめ》を駿河《するが》におくりかえした。氏真《うじざね》は、北条《ほうじょう》と組《く》んで、海《うみ》に面《めん》した駿河《するが》でとれる塩《しお》が甲斐《かい》へ入《はい》るのを止《と》めた。そして、義信《よしのぶ》を釈放《しゃくほう》するように、信玄《しんげん》に申《もう》し入《い》れた。

だが、信玄《しんげん》は聞《き》かなかった。

駿河《するが》を攻《せ》めるのをやめるつもりはなかったのだ。しかし、塩止《しおど》めは、甲府《こうふ》の民《たみ》をこまらせた。海産物《かいさんぶつ》も入《はい》ってこなくなった。

このとき、塩《しお》を、敵《てき》である上杉輝虎《うえすぎてるとら》がおくってきた。

「塩《しお》がなくては、民《たみ》がこまるであろう。」

それは、なによりも正義《せいぎ》を愛《あい》する輝虎《てるとら》らしい行動《こうどう》だった。塩《しお》とともに届《とど》いた輝虎《てるとら》の文《ふみ》を読《よ》んだ信玄《しんげん》は、ぐっと、くちびるをむすんだ。

「あっぱれなやつ。」

信玄《しんげん》は、こみあげてくる思《おも》いをこらえた。川中島《かわなかじま》で死闘《しとう》をくりひろげた敵《てき》に、塩《しお》をおくられたのだ。

「あやつは、敵《てき》ながら、信《しん》じられる。」

信玄《しんげん》はひそかに思《おも》った。

「もはや、父《ちち》の駿河《するが》攻《ぜ》めを止《と》めることはできない。」

悲観《ひかん》した義信《よしのぶ》は、十月《がつ》、自刃《じじん》した。

「おろか者《もの》め。」

信玄《しんげん》は息子《むすこ》の死《し》を悲《かな》しんだが、駿河《するが》攻《ぜ》めをやめることはなかった。

永禄《えいろく》十一年《ねん》（一五六八年《ねん》）、十二月三日《がつみっか》、信玄《しんげん》は駿河《するが》に攻《せ》めいった。

そして、たちまち府中《ふちゅう》に攻《せ》めいり、今川《いまがわ》の館《やかた》を占領《せんりょう》した。氏真《うじざね》は、遠州掛川城《えんしゅうかけがわじょう》へ逃《のが》れた。ときを同《おな》じくして、家康《いえやす》も遠江《とおとうみ》を攻《せ》めたてた。

だが、信玄《しんげん》は家康《いえやす》をみくびり、遠江《とおとうみ》まで兵《へい》を進《すす》めた。

「信玄《しんげん》め、約束《やくそく》をたがえるとは。」

家康《いえやす》は怒《いか》り、信玄《しんげん》との同盟《どうめい》を解消《かいしょう》した。そして、氏真《うじざね》の岳父《がくふ》である北条氏康《ほうじょううじやす》と、越後《えちご》の上杉輝《うえすぎてる》虎《とら》に、信玄《しんげん》を攻《せ》めるようにと要請《ようせい》した。

もともと今川《いまがわ》とかたい同盟《どうめい》をむすんでいた北条氏康《ほうじょううじやす》はすぐに動《うご》いた。

「うぬ。家康《いえやす》め。」

さすがの信玄《しんげん》も、北条《ほうじょう》、上杉《うえすぎ》、徳川《とくがわ》にとりかこまれては、どうにもならなかった。ひとまず駿《する》河《が》からは、軍勢《ぐんぜい》をひかざるをえなかった。

永禄《えいろく》十二年《ねん》（一五六九年《ねん》）、八月《がつ》、苦境《くきょう》におちいった信玄《しんげん》は、宿敵《しゅくてき》の上杉輝虎《うえすぎてるとら》と和睦《わぼく》した。

「かならず、わがものにしてやる。」

いったん甲府《こうふ》にもどった信玄《しんげん》は、氏康《うじやす》に対抗《たいこう》するために、関東《かんとう》に出兵《しゅっぺい》して、小田原城《おだわらじょう》を攻撃《こうげき》した。そして、北条軍《ほうじょうぐん》に勝利《しょうり》し、ついに元亀《げんき》二年《ねん》（一五七一年《ねん》）、信玄《しんげん》は駿河《するが》を完全《かんぜん》に手《て》に入《い》れた。遠江《とおとうみ》の一部《いちぶ》も、家康《いえやす》からうばいとった。信玄《しんげん》の領土《りょうど》は、甲斐《かい》、信濃《しなの》、駿河《するが》と、ゆうに百万石《まんごく》を超《こ》えるようになった。さらに、海上《かいじょう》への道《みち》もひらけた。

信玄《しんげん》は、さっそく水軍《すいぐん》の編成《へんせい》に手《て》をつけた。

「海《うみ》へ出《で》る。」

海《うみ》のない国《くに》に生《う》まれた信玄《しんげん》にとって、それは、大《おお》きな夢《ゆめ》だった。

「よし、天下《てんか》が近《ちか》づいてきたぞ。」

信玄《しんげん》の胸《むね》は高鳴《たかな》った。

思《おも》えば、若《わか》いころにいだいた理想《りそう》である、都《みやこ》に旗《はた》を立《た》て、王道《おうどう》によるまつりごとを正《ただ》しくおこないたいという願《ねが》いが、ようやく実現《じつげん》できるところまで近《ちか》づいてきたのだ。

元亀《げんき》二年《ねん》の十月《がつ》、関東《かんとう》の雄《ゆう》、北条氏康《ほうじょううじやす》が死《し》んだ。

それまで上杉謙信《うえすぎけんしん》（前年《ぜんねん》の元亀元年《げんきがんねん》に、輝虎《てるとら》は謙信《けんしん》と改名《かいめい》していた。）と同盟《どうめい》をむすんでいた氏康《うじやす》は、あとつぎの氏政《うじまさ》に、信玄《しんげん》とふたたび手《て》を組《く》むように遺言《ゆいごん》した。謙信《けんしん》になびく豪族《ごうぞく》たちを切《き》りはなし、関東《かんとう》を支配《しはい》するためには、そうしたほうがよいと判断《はんだん》したのだ。

十二月《がつ》二十七日《にち》、信玄《しんげん》と氏政《うじまさ》は同盟《どうめい》を復活《ふっかつ》させた。

「これで、東《ひがし》の不安《ふあん》はなくなったぞ。」

信玄《しんげん》は、ちゃくちゃくと上洛《じょうらく》を準備《じゅんび》していった。

最大《さいだい》の敵《てき》は、近畿《きんき》を制圧《せいあつ》している織田信長《おだのぶなが》だった。信玄《しんげん》は、信長《のぶなが》を敵《てき》とする勢力《せいりょく》に手《て》をまわした。

越前《えちぜん》の朝倉《あさくら》、近江《おうみ》の浅井《あざい》、大坂《おおざか》の石山本願寺《いしやまほんがんじ》、伊勢長島《いせながしま》の一向宗徒《いっこうしゅうと》、大和《やまと》の松永弾正《まつながだんじょう》、京都《きょうと》の比叡山延暦寺《ひえいざんえんりゃくじ》と連絡《れんらく》をとり、信長包囲網《のぶながほういもう》をきずいていった。

これには、足利義昭《あしかがよしあき》もかかわっていた。義輝《よしてる》が殺《ころ》されたあと、あとをついだ弟《おとうと》の義昭《よしあき》は、信《のぶ》長《なが》によって十五代将軍《だいしょうぐん》にさせてもらったにもかかわらず、ひそかに信長《のぶなが》を追《お》い落《お》とそうとしていたのである。

北《きた》の上杉謙信《うえすぎけんしん》にたいしては、海津城《かいづじょう》に五千の兵《へい》を入《い》れ、越中《えっちゅう》の椎名《しいな》と一向宗徒《いっこうしゅうと》に北陸道《ほくりくどう》を守《まも》らせ、関東《かんとう》の豪族《ごうぞく》たちに、越後《えちご》への戦《いくさ》をしかけさせて、謙信《けんしん》が甲府《こうふ》へ向《む》かえないようにした。

「ことは、なった。」

準備《じゅんび》がととのうと、元亀《げんき》三年《ねん》（一五七二年《ねん》）十月《がつ》、信玄《しんげん》は、三万《まん》五千の兵《へい》をひきいて、駿河《するが》から遠江《とおとうみ》へと上洛《じょうらく》の道《みち》を進《すす》みはじめた。

「まずは、浜松城《はままつじょう》の家康《いえやす》がどう出《で》るか。」

信玄《しんげん》はゆっくりと進軍《しんぐん》していった。

もしも、家康《いえやす》が浜松城《はままつじょう》に籠城《ろうじょう》しているのなら、無理攻《むりぜ》めをすまい。そうきめていた。城攻《しろぜ》めのむずかしさを知《し》りつくしていたからだ。

しかし、家康《いえやす》は浜松城《はままつじょう》から出《で》てきた。

「けっして、信玄《しんげん》とは戦《たたか》うな。」

信長《のぶなが》にいわれていたにもかかわらず、家康《いえやす》は、自分《じぶん》の目《め》の前《まえ》を通《とお》っていく武田軍《たけだぐん》を見《み》すごせなかった。なにごとにも、じっとたえるという、がまん強《づよ》い生《い》き方《かた》を通《とお》してきた家康《いえやす》が、このときばかりは、がまんできなかったのである。

十二月《がつ》二十二日《にち》、家康《いえやす》は、一万《まん》の兵《へい》をひきいて、浜松城《はままつじょう》を出《で》た。

「しめた、家康《いえやす》め、出《で》てきたか。」

三方ヶ原《みかたがはら》をゆうゆうと進軍《しんぐん》していく武田軍《たけだぐん》に向《む》かって、家康《いえやす》は全軍《ぜんぐん》に突撃《とつげき》を命《めい》じた。空《そら》は夕暮《ゆうぐ》れはじめていて、雪《ゆき》がふりだしていた。

「きたな、家康《いえやす》。」

信玄《しんげん》は、後部《こうぶ》が頭部《とうぶ》になるという魚鱗《ぎょりん》の陣形《じんけい》をとって、家康《いえやす》をむかえうった。もともと戦《いくさ》にたけたうえ、三倍《ばい》の兵力《へいりょく》をもつ信玄《しんげん》と、兵《へい》の少《すく》ない家康《いえやす》の戦《たたか》いは、すぐに決着《けっちゃく》がついた。

家康《いえやす》は多《おお》くの武将《ぶしょう》を死《し》なせ、みずからも死《し》をかくごしたが、家臣《かしん》にいさめられ、命《いのち》からがら浜松城《はままつじょう》へかけもどった。

「つぎは、いよいよ信長《のぶなが》だ。」

信玄《しんげん》は思《おも》った。

「信長《のぶなが》をたおしたら、天下《てんか》はわがものになる。いよいよ、王道国家《おうどうこっか》をきずきあげることができる。」

元亀《げんき》四年《ねん》(一五七三年《ねん》)一月十日《がつとおか》、信玄《しんげん》は三河《みかわ》へ進軍《しんぐん》し、野田城《のだじょう》をとりかこんだ。

だが、このころから、信玄《しんげん》の病《やまい》は重《おも》くなっていた。もともと、甲府《こうふ》を出《で》るころから、胸《むね》の病《やまい》が少《すこ》しずつ進《すす》んでいたのだ。

野田城《のだじょう》は、つれてきた鉱山《こうざん》の金掘衆《かねほりしゅう》を使《つか》って、城《しろ》の井戸《いど》の水《みず》を涸《か》らしたために、籠城《ろうじょう》していた全員《ぜんいん》が降伏《こうふく》した。

「一兵《いっぺい》も、そこなうな。信長《のぶなが》との決戦《けっせん》がひかえておる。」

信玄《しんげん》のその作戦《さくせん》は成功《せいこう》したのだ。

しかし、信長《のぶなが》との対決《たいけつ》を前《まえ》にして、信玄《しんげん》の病《やまい》はさらに進《すす》んだ。そして、療養《りょうよう》もむなしく、信玄《しんげん》は死《し》が近《ちか》づいてきたのを感《かん》じた。

「なんということか。天下《てんか》を目《め》の前《まえ》にして。」

そう思《おも》うと、無念《むねん》でならなかった。

信玄《しんげん》は、あとつぎの勝頼《かつより》らをよんで、遺言《ゆいごん》した。

「三年《ねん》、わが死《し》を隠《かく》せ。」

さらに、信玄《しんげん》は勝頼《かつより》にいった。

「よいか。越後《えちご》の上杉謙信《うえすぎけんしん》と戦《たたか》ってはならぬぞ。謙信《けんしん》はたのまれれば、いやとはいわぬ男《おとこ》だ。おれが死《し》んだら、たよれるのは謙信《けんしん》だけだ。」

そして、五十三年《ねん》の生涯《しょうがい》を終《お》えた。

二　謙信《けんしん》、織田《おだ》軍《ぐん》をけちらす

永禄《えいろく》八年《ねん》（一五六五年《ねん》）、将軍足利義輝《しょうぐんあしかがよしてる》が、家臣《かしん》である三好義継《みよしよしつぐ》と松永弾正《まつながだんじょう》のむほんにあって、殺《ころ》された。

「やはり、そうなったか。」

知《し》らせを聞《き》いた輝虎《てるとら》は、天《てん》をあおいだ。

「あのとき、わたしが悪臣《あくしん》どもを成敗《せいばい》しておけばよかった。」

その年《とし》、武田信玄《たけだしんげん》が関東《かんとう》の上野《こうずけ》に攻《せ》めいってきた。輝虎《てるとら》はすぐに関東《かんとう》に出兵《しゅっぺい》した。しかし、かつては輝虎《てるとら》にしたがっていた関東《かんとう》の豪族《ごうぞく》たちは、信玄《しんげん》と組《く》んだ小田原《おだわら》の北条氏康《ほうじょううじやす》をおそれて、つぎつぎと北条《ほうじょう》に寝返《ねがえ》っていった。

永禄《えいろく》十年《ねん》（一五六七年《ねん》）、十二月《がつ》、信玄《しんげん》に攻《せ》められて、駿河《するが》の今川氏真《いまがわうじざね》が救援《きゅうえん》をもとめてきた。氏真《うじざね》は、同時《どうじ》に北条氏康《ほうじょううじやす》に助《たす》けをもとめた。

「信玄《しんげん》め、駿河《するが》をうばおうとしているのか。」

輝虎《てるとら》は、信濃《しなの》を攻《せ》める用意《ようい》をして、信玄《しんげん》をけんせいした。

しかし、甲斐《かい》が駿河《するが》からの塩《しお》を止《と》められて、こまっているのを知《し》ると、信玄《しんげん》への文《ふみ》とともに、越後《えちご》から塩《しお》を甲斐《かい》におくりとどけた。

「民《たみ》をくるしめてはならない。」

それは輝虎《てるとら》の信念《しんねん》だった。

永禄《えいろく》十一年《ねん》（一五六八年《ねん》）、輝虎《てるとら》は、信玄《しんげん》と手《て》を組《く》んだ豪族《ごうぞく》たちを攻《せ》めるために越中《えっちゅう》に進軍《しんぐん》した。

その年《とし》の九月《がつ》、織田信長《おだのぶなが》は足利義昭《あしかがよしあき》を奉《ほう》じて、上洛《じょうらく》した。そして、十月《がつ》、義昭《よしあき》を十五代将軍《だいしょうぐん》とした。

「信長《のぶなが》があらたな将軍《しょうぐん》をたてたか。」

輝虎《てるとら》は、信長《のぶなが》の動《うご》きに注目《ちゅうもく》するようになった。その四年前《ねんまえ》の永禄《えいろく》七年《ねん》に、信長《のぶなが》は、息子《むすこ》を養子《ようし》にしてくれと、輝虎《てるとら》にたのんできた。

「養子《ようし》か。」

その要請《ようせい》を、輝虎《てるとら》はうけいれた。

「まことにありがたいこと。今後《こんご》、いよいよご指南《しなん》をお願《ねが》いいたす。」

と、信長《のぶなが》はへりくだった態度《たいど》で、輝虎《てるとら》に接《せっ》した。輝虎《てるとら》も、何度《なんど》も、信長《のぶなが》に鷹《たか》を贈《おく》ったりした。

信長《のぶなが》との関係《かんけい》は、ずっと良好《りょうこう》だったのだ。

永禄十二年《えいろくじゅうにねん》（一五六九年《ねん》）、輝虎《てるとら》は四十歳《さい》になった。

そのころ、駿河《するが》をめぐって信玄《しんげん》と敵対《てきたい》することになった北条氏康《ほうじょううじやす》が、輝虎《てるとら》に和睦《わぼく》をもとめてきた。

そして、元亀元年《げんきがんねん》（一五七〇年《ねん》）、輝虎《てるとら》は法名《ほうみょう》、謙信《けんしん》と名《な》のるようになった。その年《とし》の四月《がつ》、氏康《うじやす》の七男三郎《なんさぶろう》が人質《ひとじち》として、春日山城《かすがやまじょう》におくられてきた。

「きたか。」

謙信《けんしん》は、三郎《さぶろう》を、長尾政景《ながおまさかげ》の娘《むすめ》であり、自分《じぶん》のめいにあたる姫《ひめ》のむこにした。さらに三郎《さぶろう》に、景虎《かげとら》の名《な》をあたえて、養子《ようし》とした。

元亀二年《げんきねん》（一五七一年《ねん》）、十月《がつ》、北条氏康《ほうじょううじやす》は世《よ》を去《さ》った。

氏康《うじやす》は、つねづね、家臣《かしん》たちにこういっていた。

「信玄《しんげん》や信長《のぶなが》は、言動《げんどう》が裏腹《うらはら》で、信用《しんよう》できない。しかし、謙信《けんしん》だけは、たのまれたら、骨《ほね》になるまで義理《ぎり》を通《とお》す男《おとこ》だ。だから、明日《あす》にもわしが死《し》んだら、あとをたのめるのは、謙信《けんしん》だけだ。」

しかし、死《し》が近《ちか》づいたときに、氏康《うじやす》は、謙信《けんしん》と手《て》を切《き》ることを考《かんが》えた。なぜなら、謙信《けんしん》は関東《かんとう》の豪族《ごうぞく》たちに、「北条《ほうじょう》がうばった領土《りょうど》を返《かえ》せ。」といいつづけたからである。

氏康《うじやす》は、返《かえ》すつもりはなかった。勝《か》ちとった領土《りょうど》は、北条《ほうじょう》のものだと考《かんが》えていたからだ。それは信玄《しんげん》と同《おな》じ考《かんが》え方《かた》だった。さらに、信玄《しんげん》の戦《いくさ》の強《つよ》さは身《み》にしみていた。謙信《けんしん》は勝《か》っても、領土《りょうど》をとらずにひいていくが、信玄《しんげん》は勝《か》ちとった領土《りょうど》を手放《てばな》さなかった。だから、もしもこのまま信《しん》玄《げん》とあらそいつづければ関東《かんとう》をおびやかされると思《おも》い、息子《むすこ》の氏政《うじまさ》に、遺言《ゆいごん》した。

「信玄《しんげん》と同盟《どうめい》せよ。」

そのことばどおり、氏政《うじまさ》は、謙信《けんしん》と手《て》を切《き》り、ふたたび武田信玄《たけだしんげん》と手《て》を組《く》んだ。関東《かんとう》を、信玄《しんげん》とわけあって、北条《ほうじょう》の領土《りょうど》を確実《かくじつ》なものにするためだった。

謙信《けんしん》は、元亀《げんき》三年《ねん》(一五七二年《ねん》)、信玄《しんげん》と組《く》んだ越中《えっちゅう》の豪族《ごうぞく》を攻《せ》めるために、二月《がつ》から四月《がつ》まで、越中《えっちゅう》に出陣《しゅつじん》した。あくる年《とし》、一向一揆《いっこういっき》をしずめるために、越中《えっちゅう》におもむいた。十一月《がつ》、尾張《おわり》の信長《のぶなが》から、ともに協力《きょうりょく》して、信玄《しんげん》に対抗《たいこう》しようといってきたので、謙信《けんしん》は信長《のぶなが》との同盟《どうめい》をむすんだ。

元亀《げんき》四年《ねん》(一五七三年《ねん》)、越中《えっちゅう》から帰国《きこく》した謙信《けんしん》に、おどろくべき知《し》らせが届《とど》いた。大軍《たいぐん》をひきいて、京《きょう》へ向《む》かっていた武田信玄《たけだしんげん》が、三方ヶ原《みかたがはら》で徳川家康《とくがわいえやす》を打《う》ちやぶったあと、とちゅうの野田城《のだじょう》で、五十三年《ねん》の生涯《しょうがい》を終《お》えたというのだ。

「まさか。」

謙信《けんしん》は、ぼうぜんとした。

五度《ど》もの川中島《かわなかじま》の戦《いくさ》は、信玄《しんげん》が相手《あいて》だった。しかし、信玄《しんげん》にたいして、憎《にく》しみはなかった。敵《てき》ながら、強《つよ》い。あっぱれなやつ、という思《おも》いだった。

「信玄《しんげん》が死《し》んだのか。」

謙信《けんしん》の胸《むね》を、人《ひと》はかならず死《し》ぬという、無常《むじょう》の風《かぜ》が吹《ふ》きぬけていった。謙信《けんしん》は、春日山城《かすがやまじょう》で、信玄《しんげん》をいたむために、夜通《よどお》し、琵琶《びわ》をかなでた。愛用《あいよう》の琵琶《びわ》、朝嵐《あさあらし》の調《しら》べは、海《うみ》をこえて、佐渡《さど》まで聞《き》こえていった。

謙信《けんしん》には、信玄《しんげん》との戦《たたか》いがひとつひとつ思《おも》いだされてならなかった。強《つよ》い敵《てき》であるゆえに、謙《けん》信《しん》は信玄《しんげん》に強《つよ》いきずなのようなものを感《かん》じていた。それはなにものにもかえがたい友情《ゆうじょう》にも似《に》ていたのである。

「おしい大将《たいしょう》をなくした。」

琵琶《びわ》をかなでながら、謙信《けんしん》のほおには、涙《なみだ》がつたった。

「信玄《しんげん》なきあと、いまこそ、信濃《しなの》と甲斐《かい》を攻《せ》めましょう。」

家臣《かしん》たちはいった。だが、謙信《けんしん》は首《くび》をふった。

「そのようなことは、できぬ。」

信長《のぶなが》から、武田《たけだ》攻めをもちかけられたときも、謙信《けんしん》はことわった。

「父親《ちちおや》が生《い》きているとき、とれなかったものを、あとつぎの代《だい》になったのをいいことに、領地《りょうち》をとることなどできない。」

義《ぎ》のない戦《いくさ》は、できない。まして、信玄《しんげん》を失《うしな》った甲府《こうふ》を攻《せ》めとることなど、死《し》んでもできない。

それが謙信《けんしん》の正義《せいぎ》であり、信念《しんねん》であった。


その年《とし》の七月《がつ》、信長《のぶなが》が近江《おうみ》の浅井《あざい》と越前《えちぜん》の朝倉《あさくら》をほろぼした。

「信長《のぶなが》が、越前《えちぜん》をうばったか。」

謙信《けんしん》は、朝倉《あさくら》から救援《きゅうえん》をもとめられたが、信長《のぶなが》と同盟《どうめい》をむすんでいたので、動《うご》かなかった。

「しかし、あやつ、なかなかに強《つよ》い。」

八月《がつ》、謙信《けんしん》はふたたび越中《えっちゅう》に出陣《しゅつじん》し、一向一揆《いっこういっき》をしずめ、加賀《かが》を攻《せ》め、十二月《がつ》に帰国《きこく》した。

休《やす》むまもなく、あくる天正《てんしょう》二年《ねん》（一五七四年《ねん》）、謙信《けんしん》は二月《がつ》と八月《がつ》に、関東《かんとう》に出陣《しゅつじん》した。

十二月《がつ》、謙信《けんしん》は頭《あたま》をそって、本格的《ほんかくてき》に出家《しゅっけ》をはたした。

そして、天正《てんしょう》三年《ねん》（一五七五年《ねん》）、正月《しょうがつ》、長尾政景《ながおまさかげ》と姉《あね》の息子《むすこ》である二十一歳《さい》の長尾喜平次《ながおきへいじ》に、景勝《かげかつ》の名《な》をあたえた。

謙信《けんしん》は、喜平次《きへいじ》のおさないころから、片仮名《かたかな》の手本《てほん》をあたえたりして、かわいがってきた。しかし、謙信《けんしん》にはもうひとり、北条氏康《ほうじょううじやす》の子《こ》である、養子《ようし》の景虎《かげとら》がいた。

「お屋形《やかた》さまは、どちらにあとをつがせるおつもりか。」

家臣《かしん》たちはうわさしたが、謙信《けんしん》はそれをあきらかにしなかった。このことから、のちに謙信《けんしん》が死《し》んだあと、景勝《かげかつ》と景虎《かげとら》とのあいだで、あとつぎあらそいがおきることになった。

その年《とし》の五月《がつ》、織田信長《おだのぶなが》が武田勝頼《たけだかつより》との長篠《ながしの》の戦《たたか》いで、三千挺《ちょう》という鉄砲《てっぽう》をもちいて、精強《せいきょう》をほこった武田騎馬軍団《たけだきばぐんだん》を破《やぶ》った。

「武田《たけだ》の騎馬隊《きばたい》を、手《て》もなく打《う》ちやぶるとは。」

謙信《けんしん》は、ついに信長《のぶなが》が天下《てんか》におどりでてきたのを感《かん》じるようになった。

「あやつは、どこまでつき進《すす》むのか。」

天正四年《てんしょうねん》（一五七六年《ねん》）、信長《のぶなが》は、天下統一《てんかとういつ》をかかげるように、ほこらしげに華麗《かれい》な安土城《あづちじょう》をきずきはじめた。このころから、謙信《けんしん》と信長《のぶなが》とのあいだには、不穏《ふおん》なものが生《う》まれてきた。

もはや、天下《てんか》はおれのものだ。謙信《けんしん》をおそれる必要《ひつよう》はない。

そう思《おも》った信長《のぶなが》が、謙信《けんしん》にたいして、へりくだった態度《たいど》をとらなくなったのだ。

謙信《けんしん》は越中《えっちゅう》に出陣《しゅつじん》し、加賀《かが》四郡《ぐん》を平定《へいてい》し、七尾城《ななおじょう》をとりかこんだ。

そのころには、謙信《けんしん》と信長《のぶなが》とのあいだには、もう、隠《かく》せないほどのけわしいものが生《う》まれていた。ずっと同盟《どうめい》していたふたりの仲《なか》は、とうにくずれてしまっていた。いつ、戦《いくさ》がはじまってもおかしくなかった。

信長《のぶなが》に京《きょう》を追《お》われた将軍《しょうぐん》、足利義昭《あしかがよしあき》からは、たえず、毛利《もうり》と組《く》んで、信長《のぶなが》をたおしてくれと、文《ふみ》が届《とど》いていたのだ。

天正《てんしょう》五年《ねん》（一五七七年《ねん》）、謙信《けんしん》は、能登《のと》の七尾城《ななおじょう》を攻《せ》めとった。

すると、信長《のぶなが》は、能登《のと》の支配《しはい》をめぐって、謙信《けんしん》と対抗《たいこう》するために、織田軍《おだぐん》の三万《まん》を越前《えちぜん》に集結《しゅうけつ》させた。

総大将《そうだいしょう》は、柴田勝家《しばたかついえ》で、羽柴秀吉《はしばひでよし》、佐久間盛政《さくまもりまさ》、前田利家《まえだとしいえ》ら、名《な》だたる織田《おだ》の武将《ぶしょう》たちがしたがっていた。ただ、秀吉《ひでよし》だけは勝家《かついえ》にしたがうのをいやがり、勝手《かって》に戦場《せんじょう》からはなれて、長浜《ながはま》の城《しろ》へもどってしまった。

「ついに、信長《のぶなが》と戦《たたか》うことになったか。」

謙信《けんしん》は闘志《とうし》を燃《も》やした。

織田軍《おだぐん》との戦《たたか》いは、あっけなく終《お》わった。

この年《とし》、九月《がつ》二十三日《にち》、手取川《てどりがわ》で、謙信《けんしん》ひきいる兵《へい》は、織田軍《おだぐん》をさんざんに打《う》ちやぶった。まさしく、その生涯《しょうがい》において、一度《いちど》も戦《いくさ》で負《ま》けたことのない謙信《けんしん》は、柴田勝家《しばたかついえ》などが太刀打《たちう》ちできる相手《あいて》ではなかったのだ。

勝家《かついえ》らは、命《いのち》からがら逃《に》げた。

「追《お》いましょう。」

家臣《かしん》はいったが、謙信《けんしん》は追《お》わなかった。

「いずれ、信長《のぶなが》とは、大決戦《だいけっせん》のときがくる。」

謙信《けんしん》にはその思《おも》いがあった。

「かならず、あやつとは、じかに戦《たたか》うことになる。」

そのときが、謙信《けんしん》には楽《たの》しみだった。


だが、天正《てんしょう》六年《ねん》（一五七八年《ねん》）の三月九日《がつここのか》、謙信《けんしん》は病《やまい》を発《はっ》した。

春日盃《かすがはい》という大《おお》きな盃《さかずき》になみなみと酒《さけ》をつぎ、梅干《うめぼ》しや塩《しお》をなめて、ぐいぐいと酒《さけ》をのむ習《しゅう》慣《かん》が、謙信《けんしん》の体《からだ》をむしばんでいたのだ。

そして三月《がつ》十三日《にち》、謙信《けんしん》は、関東管領《かんとうかんれい》として、正義《せいぎ》のまつりごとをおこなうために上洛《じょうらく》するという夢《ゆめ》を見《み》つつ、息《いき》をひきとった。

辞世《じせい》の句《く》は、こうであった。

四十九年《ねん》一睡《いっすい》の夢《ゆめ》
一期《いちご》の栄華《えいが》一杯《いっぱい》の酒《さけ》

——ふりかえってみれば、わが四十九年《ねん》の生涯《しょうがい》は、一睡《いっすい》の夢《ゆめ》のようであった。この世《よ》の栄華《えいが》は、ただ一杯《いっぱい》の美酒《びしゅ》にひとしい。

たがいの領土《りょうど》をめぐって、いつはてるともなく武将《ぶしょう》たちが戦《たたか》う戦国《せんごく》の世《よ》にあって、「信《しん》」と「義《ぎ》」をつらぬき、さわやかな一陣《いちじん》の風《かぜ》のように去《さ》っていった上杉謙信《うえすぎけんしん》。のちに、幕末《ばくまつ》の館林藩《たてばやしはん》士《し》、岡谷繁実《おかのやしげさね》が明治《めいじ》二年《ねん》（一八六九年《ねん》）に完成《かんせい》させた、百九十二名《めい》の武将列伝《ぶしょうれつでん》、『名将言行録《めいしょうげんこうろく》』では、謙信《けんしん》はこう絶賛《ぜっさん》されている。

「謙信《けんしん》は、勇猛《ゆうもう》にして、無欲《むよく》。清浄《せいじょう》にして、器量《きりょう》がひろい。正直《しょうじき》で隠《かく》すことがない。明敏《めいびん》で、慈《じ》悲深《ひぶか》く、忠告《ちゅうこく》をよく受《う》けいれる。戦国《せんごく》の世《よ》には、ありがたき名将《めいしょう》である。」

こうして戦国最強《せんごくさいきょう》とうたわれた、「甲斐《かい》の虎《とら》」武田信玄《たけだしんげん》と「越後《えちご》の龍《りゅう》」上杉謙信《うえすぎけんしん》が、あいついで世《よ》を去《さ》っていった。

そのあと、天下《てんか》は、強運《きょううん》の織田信長《おだのぶなが》のものとなるかに見《み》えた。

しかし、信長《のぶなが》も、謙信《けんしん》の死《し》から四年後《ねんご》、天下統一《てんかとういつ》を目前《もくぜん》にして、明智光秀《あけちみつひで》のむほんにより、本能寺《ほんのうじ》で殺《ころ》された。

かわって天下《てんか》を統一《とういつ》したのは、信長《のぶなが》の家臣《かしん》であった農民《のうみん》あがりの豊臣秀吉《とよとみひでよし》だった。そして、秀《ひで》吉《よし》が死《し》んだあと、戦《いくさ》のない天下太平《てんかたいへい》の世《よ》をつくりあげたのは、徳川家康《とくがわいえやす》だった。

かつて三方ケ原《みかたがはら》で、こっぴどく武田信玄《たけだしんげん》に敗《やぶ》れ、その負《ま》け姿《すがた》を絵《え》に描《えが》かせて、気《き》がはやりそうになると、「しかみ像《ぞう》」とよばれるその絵《え》を見《み》て、「このみじめな顔《かお》を見《み》よ。顔《かお》をしかめて、なんと情《なさけ》ない姿《すがた》か。よいか、二度《にど》とこうなってはならぬぞ。」と、みずからをたしなめたといわれる徳川家康《とくがわいえやす》が、江戸幕府《えどばくふ》による二百六十五年《ねん》の治世《ちせい》をきずいたのである。

終《お》わり

信玄《しんげん》と謙信《けんしん》の年表《ねんぴょう》

※年齢《ねんれい》は数《かぞ》え年《どし》です。

年代《ねんだい》		武田信玄《たけだしんげん》のできごと		上杉謙信《うえすぎけんしん》のできごと
1521（大永《だいえい》1）	1歳《さい》	甲斐《かい》の国《くに》（山梨県《やまなしけん》）の守護《しゅご》、武田信虎《たけだのぶとら》の長男《ちょうなん》として積翠寺《せきすいじ》で生《う》まれる。幼名《ようめい》を太《た》郎《ろう》、別名《べつめい》・勝千代《かつちよ》という。		
1530（享禄《きょうろく》3）	10歳《さい》		1歳《さい》	越後《えちご》の国《くに》（新潟県《にいがたけん》）の守護代《しゅごだい》、長尾為景《ながおためかげ》の次男《じなん》として春日山城《かすがやまじょう》で生《う》まれる。幼名《ようめい》を虎千代《とらちよ》という。
1536（天文《てんぶん》5）	16歳《さい》	元服《げんぷく》して武田太郎晴信《たけだたろうはるのぶ》と名《な》のる。内大臣《ないだいじん》三条公頼《さんじょうきんより》の娘《むすめ》と結婚《けっこん》する。信濃《しなの》の海《うん》ノ口《くち》城《じょう》を攻《せ》めて初陣《ういじん》をかざる。	7歳《さい》	兄《あに》の晴景《はるかげ》が家督《かとく》をつぐことになり、林泉《りんせん》寺《じ》の僧《そう》、天室光育《てんしつこういく》にあずけられる。
1541（天文《てんぶん》10）	21歳《さい》	父信虎《ちちのぶとら》を駿河《するが》の国《くに》に追放《ついほう》し、自《みずか》らが甲斐《かい》の守護《しゅご》となる。領内《りょうない》の治水工事《ちすいこうじ》にかかる。	12歳《さい》	
1542（天文《てんぶん》11）	22歳《さい》	南信濃《みなみしなの》の諏訪頼重《すわよりしげ》を攻《せ》める。	13歳《さい》	
1543（天文《てんぶん》12）	23歳《さい》		14歳《さい》	名《な》を景虎《かげとら》とかえ、栃尾城《とちおじょう》のあるじとなる。
1545（天文《てんぶん》14）	25歳《さい》	南信濃《みなみしなの》の諏訪頼重《すわよりしげ》の娘《むすめ》（諏訪姫《すわひめ》）をめとる。	16歳《さい》	兄《あに》・晴景《はるかげ》にそむいた黒田秀忠《くろだひでただ》と戦《たたか》い、降《こう》伏《ふく》させる。
1547（天文《てんぶん》16）	27歳《さい》	武田《たけだ》の家臣《かしん》や領民《りょうみん》のきまりをさだめた「甲州法度之次第《こうしゅうはっとのしだい》」をつくる。	18歳《さい》	

1548（天文《てんぶん》17）	28歳《さい》	北信濃《きたしなの》の村上義清《むらかみよしきよ》と戦《たたか》って敗《やぶ》れる。小笠原長時《おがさわらながとき》を攻《せ》めて破《やぶ》る。	19歳《さい》	兄《あに》・晴景《はるかげ》に栃尾城《とちおじょう》をかこまれる。守護上杉定実《しゅごうえすぎさだざね》の仲裁《ちゅうさい》で戦《たたか》いをさけ、兄《あに》の養子《ようし》というかたちで越後《えちご》の守護代《しゅごだい》となる。
1550（天文《てんぶん》19）	30歳《さい》		21歳《さい》	上杉定実《うえすぎさだざね》の死《し》により、正式《せいしき》に越後《えちご》の国主《こくしゅ》、守護大名《しゅごだいみょう》となる。
1552（天文《てんぶん》21）	32歳《さい》		23歳《さい》	関東管領《かんとうかんれい》の上杉憲政《うえすぎのりまさ》がたよってきたので、これをたすける。
1553（天文《てんぶん》22）	〈信玄《しんげん》33歳《さい》／謙信《けんしん》24歳《さい》〉晴信《はるのぶ》（信玄《しんげん》）が村上義清《むらかみよしきよ》を攻《せ》め、それをたすけようと景虎《かげとら》（謙信《けんしん》）が出陣《しゅつじん》し衝突《しょうとつ》。川中島《かわなかじま》での第《だい》一戦《せん》となる。景虎《かげとら》、京《きょう》へのぼり、天皇《てんのう》に拝謁《はいえつ》し、将軍足利義輝《しょうぐんあしかがよしてる》にも会《あ》う。			
1555（天文《てんぶん》24）	〈信玄《しんげん》35歳《さい》／謙信《けんしん》26歳《さい》〉景虎《かげとら》（謙信《けんしん》）、北条高広《きたじょうたかひろ》の反乱《はんらん》をおさめる。7月《がつ》、犀川《さいがわ》をはさんで、晴信《はるのぶ》（信玄《しんげん》）の甲斐軍《かいぐん》と景虎《かげとら》の越後軍《えちごぐん》が対陣《たいじん》する。川中島《かわなかじま》の第《だい》二戦《せん》となる。今川義元《いまがわよしもと》の仲裁《ちゅうさい》で講和《こうわ》する。			
1556（弘治《こうじ》2）	36歳《さい》		27歳《さい》	家臣《かしん》の領土争《りょうどあらそ》いに隠居《いんきょ》を決意《けつい》し、比叡山《ひえいざん》延暦寺《えんりゃくじ》に入《はい》るが、越後《えちご》の情勢《じょうせい》がゆるさず戻《もど》る。
1557（弘治《こうじ》3）	〈信玄《しんげん》37歳《さい》／謙信《けんしん》28歳《さい》〉8月《がつ》、上野原《うえのはら》で、晴信《はるのぶ》（信玄《しんげん》）の甲斐軍《かいぐん》と景虎《かげとら》（謙信《けんしん》）の越後軍《えちごぐん》が対戦《たいせん》する。川中島《かわなかじま》の第《だい》三戦《せん》となる。晴信《はるのぶ》により決戦《けっせん》はさけられた。			

年《ねん》代《だい》	武田信玄《たけだしんげん》のできごと	上杉謙信《うえすぎけんしん》のできごと
1559（永禄《えいろく》2）	39歳《さい》 出家《しゅっけ》して、信玄《しんげん》と名《な》のる。	30歳《さい》 将軍足利義輝《しょうぐんあしかがよしてる》にたのまれて京《きょう》へいく。
1561（永禄《えいろく》4）	41歳《さい》	32歳《さい》 相模《さがみ》の国《くに》の北条氏康《ほうじょううじやす》と戦《たたか》うため、関東《かんとう》へ出陣《しゅつじん》し、小田原城《おだわらじょう》を攻《せ》める。ひきあげる途中《とちゅう》に鎌倉《かまくら》の鶴岡八幡宮《つるがおかはちまんぐう》で関東管領《かんとうかんれい》となる。名《な》を政虎《まさとら》とあらためる。
	9月《がつ》、それぞれ海津城《かいづじょう》（甲府軍《こうふぐん》）と妻女山《さいじょさん》（越後軍《えちごぐん》）にわかれ、にらみあっていた両軍《りょうぐん》がいよいよ激突《げきとつ》する。川中島《かわなかじま》の第《だい》四戦《せん》となる。前半《ぜんはん》は越後軍《えちごぐん》、後半《こうはん》は甲斐軍《かいぐん》が優勢《ゆうせい》だったため、どちらの勝利《しょうり》ともいえないかたちで終《お》わる。政虎《まさとら》、名《な》を輝虎《てるとら》とかえる。	
1564（永禄《えいろく》7）	〈信玄《しんげん》44歳《さい》／謙信《けんしん》35歳《さい》〉輝虎《てるとら》（謙信《けんしん》）、信玄《しんげん》ともに出陣《しゅつじん》し、川中島《かわなかじま》の第《だい》五戦《せん》となるも、にらみあった末《すえ》、ともに戦《たたか》わずひきあげる。	
1568（永禄《えいろく》11）	48歳《さい》 駿河《するが》の国《くに》の今川氏真《いまがわうじざね》を攻《せ》める。	39歳《さい》
1570（元亀《げんき》1）	50歳《さい》	41歳《さい》 自《みずか》らの名《な》を輝虎《てるとら》からあらため、法名《ほうみょう》、謙信《けん》と名《な》のるようになった。北条氏康《ほうじょううじやす》の七男三郎《なんさぶろう》を養子《ようし》にし、景虎《かげとら》の名《な》を与《あた》える。
1571（元亀《げんき》2）	51歳《さい》 駿河《するが》を完全《かんぜん》に手《て》に入《い》れ、遠江《とおとうみ》の一部《いちぶ》も徳川家康《とくがわいえやす》からうばいとる。領土《りょうど》が百万石《まんごく》を超《こ》える。	42歳《さい》

1572（元亀《げんき》3）	52歳《さい》	足利義昭《あしかがよしあき》より上洛《じょうらく》の使者《ししゃ》がきたので、武《たけ》田軍団《だぐんだん》をひきいて京《きょう》へむかう。三方ケ原《みかたがはら》で徳川家康軍《とくがわいえやすぐん》を破《やぶ》る。	43歳《さい》	織田信長《おだのぶなが》と同盟《どうめい》をむすび、信玄《しんげん》に対抗《たいこう》する。
1573（元亀《げんき》4）	53歳《さい》	信濃《しなの》の国《くに》の野田城《のだじょう》で、後《のち》のことを息子勝《むすこかつ》頼《より》にたくして死《し》ぬ。	44歳《さい》	
1575（天正《てんしょう》3）		信玄《しんげん》のあとつぎ・武田勝頼《たけだかつより》、長篠《ながしの》の戦《たたか》いで織田信長《おだのぶなが》・徳川家康連合軍《とくがわいえやすれんごうぐん》に敗《やぶ》れる。	46歳《さい》	長尾政景《ながおまさかげ》と姉《あね》の息子《むすこ》である長尾喜平次《ながおきへいじ》に景勝《かげかつ》の名《な》を与《あた》える。このことが謙信《けんしん》の死《し》後《ご》、養子《ようし》の景虎《かげとら》と景勝《かげかつ》の間《あいだ》であとつぎ争《あらそ》いが起《お》こる原因《げんいん》となる。
1576（天正《てんしょう》4）			47歳《さい》	天下《てんか》とりに動《うご》きはじめた織田信長《おだのぶなが》との仲《なか》が悪《わる》くなる。
1577（天正《てんしょう》5）			48歳《さい》	加賀《かが》で織田軍《おだぐん》を破《やぶ》る。
1578（天正《てんしょう》6）			49歳《さい》	病《やまい》に倒《たお》れ、春日山城《かすがやまじょう》で死《し》ぬ。
1582（天正《てんしょう》10）		武田勝頼《たけだかつより》、織田信長《おだのぶなが》に攻《せ》められ、甲斐《かい》の国《くに》の天目山《てんもくざん》で自害《じがい》する。武田家《たけだけ》ほろびる。		
	天下《てんか》をめざしていた織田信長《おだのぶなが》が本能寺《ほんのうじ》の変《へん》で死《し》ぬ。			

＊著者紹介

小沢章友《おざわあきとも》

1949年、佐賀県生まれ。早稲田大学政経学部卒業。『遊民爺さん』（小学館文庫）で開高健賞奨励賞受賞。おもな作品に『三国志』（全７巻）、『飛べ！　龍馬』『織田信長－炎の生涯－』『豊臣秀吉－天下の夢－』『徳川家康－天下太平－』『黒田官兵衛－天下一の軍師－』『真田幸村－風雲！　真田丸－』『大決戦！　関ヶ原』『徳川四天王』『西郷隆盛』『伊達政宗－奥羽の王、独眼竜－』『西遊記』『明智光秀－美しき智将－』『歴史人物ドラマ　渋沢栄一　日本資本主義の父』『北条義時　武士の世を開いた男』（以上、青い鳥文庫）、『三島転生』（ポプラ社）、『龍之介怪奇譚』（双葉社）などがある。

＊画家紹介

甘塩《あまじお》コメコ

千葉県出身・O型。猫とゲームを愛する絵描き。おもな表紙・挿絵の仕事に「いとをかし！百人一首」シリーズ（集英社）、「ハピ☆スタ編集部」シリーズ（金の星社）、「モンスター・クラーン」シリーズ（KADOKAWA）などがある。

この作品は書き下ろしです。

講談社 青い鳥文庫

武田信玄《たけだしんげん》と上杉謙信《うえすぎけんしん》

戦国《せんごく》武将《ぶしょう》物語《ものがたり》

小沢章友《おざわあきとも》

2015年３月15日　第１刷発行
2024年10月23日　第９刷発行

（定価はカバーに表示してあります。）

発行者　安永尚人

発行所　株式会社講談社
東京都文京区音羽2-12-21　郵便番号112-8001
電話　編集（03）5395-3536
販売（03）5395-3625
業務（03）5395-3615

N.D.C.913　174p　18cm

装　丁　久住和代
印　刷　TOPPANクロレ株式会社
製　本　TOPPANクロレ株式会社
本文データ制作　講談社デジタル製作

KODANSHA

ISBN978-4-06-285474-0

「講談社《こうだんしゃ》 青《あお》い鳥《とり》文庫《ぶんこ》」刊行《かんこう》のことば

太陽《たいよう》と水《みず》と土《つち》のめぐみをうけて、葉《は》をしげらせ、花《はな》をさかせ、実《み》をむすんでいる森《もり》。小《こ》鳥《とり》や、けものや、こん虫《ちゅう》たちが、春《はる》・夏《なつ》・秋《あき》・冬《ふゆ》の生活《せいかつ》のリズムに合《あ》わせてくらしている森《もり》。森《もり》には、かぎりない自然《しぜん》の力《ちから》と、いのちのかがやきがあります。

本《ほん》の世界《せかい》も森《もり》と同《おな》じです。そこには、人間《にんげん》の理想《りそう》や知恵《ちえ》、夢《ゆめ》や楽《たの》しさがいっぱいつまっています。

本《ほん》の森《もり》をおとずれると、チルチルとミチルが「青《あお》い鳥《とり》」を追《お》い求《もと》めた旅《たび》で、さまざまな体験《たいけん》を得《え》たように、みなさんも思《おも》いがけないすばらしい世界《せかい》にめぐりあえて、心《こころ》をゆたかにするにちがいありません。

「講談社《こうだんしゃ》 青《あお》い鳥《とり》文庫《ぶんこ》」は、七十年《ねん》の歴史《れきし》を持《も》つ講談社《こうだんしゃ》が、一人《ひとり》でも多《おお》くの人《ひと》のために、すぐれた作品《さくひん》をよりすぐり、安《やす》い定価《ていか》でおおくりする本《ほん》の森《もり》です。その一さつ一さつが、みなさんにとって、青《あお》い鳥《とり》であることをいのって出版《しゅっぱん》していきます。この森《もり》が美《うつく》しいみどりの葉《は》をしげらせ、あざやかな花《はな》を開《ひら》き、明日《あす》をになうみなさんの心《こころ》のふるさととして、大《おお》きく育《そだ》つよう、応援《おうえん》を願《ねが》っています。

昭和《しょうわ》五十五年《ねん》十一月《がつ》

講談社